CB135047

ROSE LIRA

Para Kiko escrevi

SABADÍSSES

o seu sábado inspirativo

para poder conhece-lo e admirar sua escrita "O Lápis e o Borracha".

Rose Lira.

VERMELHO MARINHO

Copyright© 2019 Rose Lira

Título Original: Sabadísses: o seu sábado inspirativo

Editor-chefe: Tomaz Adour

Revisão: Equipe Vermelho Marinho

Projeto gráfico: Marcelo Amado

Consultoria de Escrita Central dos Escritores: Elisângela Alencar, Jamile Fiuza Baltar.

Dados Internacionais de Catalogação na Publicação (CIP)

Lira, Rose
Sabadísses: o seu sábado inspirativo / Rose Lira
Rio de Janeiro: Vermelho Marinho, 2019.
176 p. 14 x 21cm
ISBN: 978-85-8265-150-6
1. Crônicas 2. Literatura Brasileira. 3. Título.
CDD 869.4

VERMELHO MARINHO

EDITORA VERMELHO MARINHO USINA DE LETRAS LTDA
Rio de Janeiro - Departamento Editorial:
Avenida Gilka Machado, 315 - bloco 2 - casa 6
Recreio dos Bandeirantes - Rio de Janeiro - RJ
CEP: 22795-570
www.editoravermelhomarinho.com.br

DEDICO

Àquele que descansou no sábado porque ninguém é de ferro.

Ao meu pai Francisco Braga de Lira (*in memorian*), mais que um pai, um amigo que me ensinou a viver um sábado como ninguém.

AGRADEÇO

À minha família que dá significado aos meus sábados.

Minha mãe Santinha, minha irmã Fátima Lira, meus filhos Esther Lira, Eric Lira e Adriana Oliveira, meu neto Benjamin Lira, meu grande amigo e amor de todas as horas Ricardo Falcão, e, meus sobrinhos Matheus Lira e Beatrice Lira.

SUMÁRIO

SÁBADOS DE MAIO

SÁBADOS DE JUNHO

SÁBADOS DE JULHO

SÁBADOS DE AGOSTO

SÁBADOS DE SETEMBRO

PREFÁCIO

Privilégio falar da obra de alguém admirada e respeitada por mim. Principalmente porque este livro discorre sobre a vida como um presente que pode ser aberto, descoberto e vivido com leveza e sentido. Leveza e vida com sentido são minhas grandes buscas.

O meu encontro com Rose Lira foi daqueles sussurrados ao pé do ouvido por uma voz fofoqueira - Essa mulher é alguém que você necessita conhecer - E assim foi, nos encontramos e nos conhecemos .

Sua voz cantadeira falava de paz, de fé, de coragem, sonhos e projetos, propunha rumo e rota para gente atrapalhada em seu caminho. Seu olhar era de pescador, enxergava o que estava nas profundezas das águas.

Sua poesia, ah! Sua poesia, retrata com perfeição a complexidade da alma humana. Sua sabedoria acolhe, ajuda a vicejar e florescer a semente adormecida.

Sabadísses, um livro de crônicas, segundo a autora, escritas aos sábados com sugestão de serem lidas aos sábados, Confesso que desobedeci, li em todos os dias e algumas li mais de uma de vez.

Em tempos "líquidos" Sabadísses é um terno convite para nos distanciarmos da vida agitada e botarmos reparo no que está dentro de nós, identificar o que temos de melhor, boas sementes, lindas e perfumadas flores, pescar peixes em águas profundas, rever escolhas, fazer faxinas necessárias.

— Diante do amor toda in-significância se perde, toda pretensão se envergonha, toda arrogância se dissolve e todo 'querer saber' emburrece, porque na Vida e só nela há sentido... mesmo que sem explicação, pois o sentido e o significado não se explica — Quarto sábado de abril — Pag. 59

— Qualquer lugar do mundo é um palácio se você traz a realeza na alma e a humanidade na mala!!! — Primeiro sábado de março — Pag. 41

Eu fui uma das primeiras a ser presenteada com esta leitura, e gosto de rabiscar o que me toca o coração, neste livro há um espaço interativo no final de cada crônica para as anotações. Ao terminar a leitura meus rabiscos eram: Amei!!! Lindo!!! Profundo!!! Preciso reler! Nunca Esqueça!!! Guardar no coração!!! Bravo!!! Provocação...

Sábado dia inútil e profano propício ao esparramar-se no querer ser e fazer

Deliciem-se com SABADÍSSES

Gratidão pela sua vida Rose Lira

Feliz por prefaciar seu livro

Loide Muniz Barreros

Psicóloga clínica; Terapeuta de família, casal e grupo; Especialista em Aconselhamento; Palestrante.

(São Paulo - SP)

SABADÍSSES

Sábado é uma palavra derivada do latim *sabbatum*, que tem sua origem do Shabat hebraico.

Sabadísses, o Seu Sábado Inspirativo, tem a proposta de disponibilizar um texto para cada Sábado do ano, para refletir, fazer anotações no rodapé, tomar decisões e inspirar. São quatro sabadísses por mês. Você pode perguntar: o que faço no mês que tiver o quinto sábado? Que tal sair para Sabatear? Que tal escrever o seu Sabadísse ao final do livro?

Sabadísses traz uma coletânea escrita realmente em dia de sábado e nos meses que lhe são conferidos.

Entre um mês e outro, o leitor encontrará citações de outros autores que destacam o dia de sábado como um dia especial.

O Sábado é o sétimo dia da semana. É denominado pelo judaísmo e algumas linhas do cristianismo como o Dia do Descanso. Para alguns o dia de sábado é visto como o Dia de Saturno. Mas acredito que para cada pessoa o dia de Sábado tem um significado singular e pessoal. Para uns é um dia especial e cheio de oportunidades, para outros é um dia triste porque não encontra o que fazer. O importante é que o dia pode ser celebrado ou ressignificado trazendo uma nova forma de olhar para o seu dia da semana.

Em particular gosto de mergulhar em mim em dia de sábado, seja sozinha, seja acompanhada.

O presente é o dia de hoje. E hoje é Sábado!

Venha comigo explorar o universo de Sabadísses...

o mar o azul o sábado
liguei pro céu
mas dava sempre ocupado

Paulo Leminski

Sábados de Janeiro

1. REALIDADE???

Vivo assim, de prontidão, descanso como ave em galho de árvore, em alerta.

Ontem me perguntaram:

— Você não gosta de dormir, não é?

— Durmo o que me pede o corpo e a alma, não mais que isso. E eles me pedem pouco sono e eu os respeito — respondi.

Acho que em mim existe uma urgência elétrica que vem da incerteza e uma calma dormente que vem da certeza.

Trago em mim uma certeza que luta para duvidar.

Meu senso comum pede a dúvida, requer a instabilidade do ser, cobra a cautela provinda do incerto.

Mas meu ser real grita certezas sempre. E quando falo em "real", falo da minha realidade.

Porque realidade que não me compete é sonho, imagens, vontades, histórias do outro em que não tenho acesso, por isso só cabe a mim respeitar.

A minha realidade é pautada no que eu vivi e vivo.

Nas minhas sensações, que por mais imateriais que sejam, estão lá pulsando e me dizendo "você é a sua realidade".

Sabadísses - Anotações

Nesse ponto, por mais que eu leia autores renomados, dignos de respeito e honra, eu não os sigo, se o que é dito e confirmado não condiz com a minha real vivência.

Me desculpe o pensamento inflexível, mas minhas sensações e emoções mais preciosas eu não as nego.

Me desculpe Freud, mas não mato minha mãe, que por sinal afirmo o quanto ela me é rica, e o quanto me faz bem trazer seus traços comigo e influências, as boas e as ruins. Não mato meu pai, que por sinal foi um grande amigo. E se por acaso meu superego me disser coisas que me fazem crescer, me abraço com ele e caminho mais uma milha.

As convenções éticas, estéticas, sociais e científicas estão aí para serem consideradas, e não para se tornarem vivências normóticas, fazendo a sociedade perder o sabor da diferenciação humana, que é rica e sublime.

Não visto uniformes de "exércitos" na terra, nem no céu, nem ainda no inferno. Porque quem gosta de uniforme é gente convocada a "amar" a pátria que não é pátria, quem gosta de uniforme defende causas que não lhes são próprias, entram em um "batalhão" por gostar de multidão, sem saber o real motivo e nem para onde vão. Dão a vida como kamikazes do nada. Até os que dizem que estão na luta para defender a vida com a sua vida e insistem em afirmar que a vida se defende com morte, não conseguiram ainda entender a mensagem principal da morte pela vida, uma vida que

Sabadísses - Anotações

vale a pena ser continuada! Mas aí eu digo uma expressão que costumo dizer quando o momento cabe: *DEXAQUETA!!!!*

Uma coisa sei: Eu e Você somos reais, e o deixamos de ser quando saímos de nós, não para encontrar o outro, mas para tentar ser o outro.

Se ficou estranho tudo isso, peço desculpas.

Escrevi sem pensar em nada antes de começar simplesmente porque hoje é sábado.

As letras se juntaram no inédito do momento da escrita.

Depois vou ler com calma para decifrar o que foi mesmo "que quis dizer"... coisas coisadas!!!

Sabadísses - Anotações

2. CAMINHADA

Às vezes, ao andar, sinto algo enrolado nos meus passos.

São situações confortáveis, que insisto nelas mesmo sabendo que lá na frente os fios do comodismo, que não dão espaços para mudanças, me enrolam em um novelo de tempo perdido.

Perdi tempo, enquanto ganhei experiência!

No máximo o que podemos fazer com esse novelo é um belo laço de fita.

Enfeitamos nosso andar e dizemos "o que não me mata, me fortalece", ou ainda, "aprendemos com nossos erros", mas no íntimo, eu pessoalmente, acho esse laço de uma extravagância enorme, se a mim fosse dado o poder de voltar atrás faria um "pequeno lacinho".

Perdi bom senso, enquanto ganhei autocrítica!

Estou nesse momento tentando arrumar o tamanho desse "laçarote" que eu mesma fiz.

Estou diminuindo as consequências em mim mesma, e estou fazendo do contraste entre o erro e a vontade de acertar, um belo conjunto de cores.

Sabadísses - Anotações

Enfeitando com tachinhas de aço para sinalizar de longe onde não devo mais me "enlaçar".

Perdi harmonia, enquanto ganhei inovação!

No sábado quero ter asas nos pés. Sim!

Quero voar, enquanto caminho.

Mas, não posso determinar meu amanhã, por isso eu ando.

Contudo, posso crer em um futuro revelado e acolher uma esperança desejada.

Quem sabe voarei para a frente e andarei para cima.

Perdi alguns passos, enquanto ganhei milhas!

Meu apoio é no Amor entranhado e revelado.

NEle firmo meus passos.

Subo nos afetos invisíveis, nos carinhos desenhados na alma.

Não há no meu caminho ainda uma consistência concreta, mas há apenas um vazio no formato de chegada.

Perdi o alvo, enquanto ganhei uma caminhada!

Sabadísses - Anotações

3. UMA HISTÓRIA OU UM CONTO?

Quantas vezes já disse: Não quero ver!

Disse isso quando gerava uma filha com alto risco de má formação;

Disse isso quando vinha em mim uma sensação de ser traída, não só por afetos, mas também por amigos;

Disse isso quando me vi diante de experiências místicas que me trazem temor!

Por que não querer ver?

Porque eram situações que exigiriam posturas e decisões difíceis e conflitantes a serem tomadas por mim.

Pelo menos se eu não soubesse, a história não existiria, só o conto existiria!

Mas a vida é construída por histórias e não por contos.

E eu via.

Via pelas aberturas que a vida proporcionava e proporciona.

Via pelos rastros que a caminhada deixa na estrada.

Via pelos "olhos" de quem vê o que os nossos olhos não podem enxergar.

E esse ver para mim me espremia na encruzilhada da decisão.

Sabadísses - Anotações

Me entregava de presente uma realidade bem diferente da tão sonhada "vida" que eu tinha idealizado.

As decisões foram e são tomadas sempre.

Ainda não sei se algumas vezes decidi pela minha história ou pelo conto.

Mas uma coisa é certa: EU DECIDI!

Pelo menos se eu decidi, a história continuará e o conto se distanciará!

Quando os olhos são abertos eles sempre piscam como ofuscados pela luz.

É o momento em que a decisão tomada vacila. Mas nesse piscar a visão sempre vence.

Ela treme, pestaneja, lacrimeja, mas se abre pra frente.

O globo ocular procura sua adaptação se contraindo para perceber a realidade que a decisão nos trouxe.

Por mais distante que esteja do conto, é a nossa história que se apresenta diante de nós.

E com ela um caminho novo que se apresenta, um caminho de mistérios, de desconfiança, de realidade que eu preciso ver.

Se o caminho que está adiante é fácil?... Nem sempre!

Se a paisagem que vejo eu gosto?... Nem sempre!

Se o novo capítulo da história que se abre é convidativo?... Nem sempre!

Todo dia é dia de sábado?... Nem sempre!

Pelo menos uma coisa é certa: Não quero olhar para trás!

Porque não vivo um conto!

Sabadísses - Anotações

---

4. SONHO E REALIDADE

Se eu pudesse escolher, me vestiria como uma indiana, ou uma chinesa, ou ainda me vestiria com roupas e adereços que expressassem quem sou, ou como estou.

Me vestiria de sábados...

Como não posso, fantasiarei escrevendo.

Hoje me vestirei através das imagens que um sonho me inspirou.

Sonhei que estava vestida de simbolismos.

Na testa uma pedra que simbolizava meu foco, meu objetivo, meu pensamento.

Um pensamento central que gera pequenos pensamentos no seu entorno, circundam a minha mente formando um todo de ações, que descem pela vida como um véu de mistérios e deslumbramentos.

Minha vida é assim, um desdobramento de objetivos aparentemente soltos e frustrados, mas todos eles, sem exceção, são parte de um adereço que destaca quem sou hoje e me tornarei amanhã!

Sonhei que trazia em meu nariz uma argola atrelada com uma corrente ao meu brinco.

De minha escuta atenciosa de situações e fatos, de minha escuta reverente de minhas orações e contemplações, de minha escuta inquieta de realidades não compreendidas, nasce minha dignidade.

Sim, uma argola no nariz, de acordo com algumas tradições, remete à dignidade de ter alguém. E eu tenho, um Alguém que me conduz ao melhor que a terra tem a dar, tenho alguém por mim.

Significa que apesar de aparentes abandonos, uma voz me chama de Minha!

Não sonhei, é real!

Trago uma história desenhada em mim.

Ela vem de minha alma e desce pelos meus braços, porque é dela que brota o que realizo.

Essa história culmina em minhas mãos, porque é dela que partilho o que possuo.

Um desenho que ainda está sendo feito, uma tatuagem inacabada, formada por um Artesão que não se cansa de tatuar.

Não imagino como vai ficar, mas apesar das dores do processo, posso me alegrar com o formato informe que vejo!

Sonhei que tinha pulseiras.

Dourada, prata, verde e com brilhantes.

Adornos que tornavam o comum, o ordinário, o cotidiano em algo de uma beleza inexprimível.

Sim, porque a beleza do comum é feita de detalhes, de pequenas atitudes, de pinceladas de sorrisos.

A felicidade é um papel em busca de carbono ou uma gaiola em busca de uma nuvem!

Sabadísses - Anotações

Mas a vida é uma mão desenhada de entrega e um braço adornado de elos.

Agora estou rindo! Rindo porque acordei de um sonho bom.

Rindo porque acordando posso ver o que precisa ser visto.

Não tenho roupas indianas, não tenho véus, colares, pulseiras, adornos e tatuagens.

Sou apenas eu em um dia de sábado.

Mas sou eu e Ele, e Ele é Aquele que me deu o sonho.

Ele é a voz que se materializa em vida e caminha comigo no dia a dia.

Então tenho que rir porque acordei para sonhar!

Sabadísses - Anotações

o sábado é uma ilusão

Nelson Rodrigues

Sábados de Fevereiro

1. MÁSCARAS E FOLIA!

Nada como um sábado de carnaval para falarmos de máscaras, não acha?

A gente sempre procura "detonar" as máscaras, que elas exalam falsidades, etcetera e tal. Mas vamos falar claro: tem algumas que são lindas, belas, bem elaboradas, realçam a beleza e a arte, espetaculares!!!!

A questão é que são irreais... passam... uma hora a alegoria tem que ser retirada.

— Aaahhhhh!!!!!!!

Tenho um filho que tem limitações, é o que dizem... eu não o vejo assim, o vejo como um filho que tem superações a mais que nós. Entre outras superações ele se comunica de forma singular, e quando algo que ele gosta muito acaba, ele bate uma mão na outra e as suspende na altura do peito deixando-as caírem aos lados para dizer que acabou, e diz:

— *AHHNANA!!!!!*

Quando tiramos as máscaras, nos olhamos, e dizemos: *AHHNANA!!!!!*

Tem máscaras que são usadas como defesa. As perdas, as feridas, as frustrações, os enganos, os medos nos levam a usá-las como forma de expressar nossa amargura ou como forma de proteção.

Sabadísses - Anotações

Claro, uma proteção ingênua apesar de trazer justificativas reais e, óbvio, justas.

Mas convenhamos, eu não consigo me ver buscando proteção de tudo quanto é ameaça e riscos que enfrento usando máscaras. Não teria tantos armários para guardá-las, "tome" máscaras, ia terminar esquecendo de como seria realmente o meu rosto, a minha identidade, não saberia mais como eu sou de verdade, não dá! INSUSTENTÁVEL!

Tem algumas máscaras que são parciais. Cobrem uma parte do rosto e a outra deixa à mostra.

Não deixa de ser um charme, uma certa sedução, só um tempinho vale... até a gente saber melhor onde está, com quem está, como proceder, até onde ir, enfim, estabelecer limites que permitam o convívio sem morrer e sem matar, ou seja, sem falsear, chega a hora que a retiramos e a colocamos em nossa bolsa para situações que a exijam! PRUDÊNCIA!

Um caso muito frequente e cômico é quando duas pessoas tentam chegar perto uma da outra usando máscaras pesadas, deixa eu dizer uma expressão que uso muito: "*êita gôta!*" Palhaçada, gente! Ninguém se toca, se beija, se pega, se encosta. É uma relação que o popular chama de "caminhão": Mantenha Distância. Para que alimentar um tipo de relacionamento assim, não é? É próprio de quatro dias de folia e não mais!!!!! CARNAVAL!

Um dia, ou uma hora as máscaras precisam ser retiradas. Para quê?

Sabadísses - Anotações

Para que possamos pelo menos dormir, descansar, repousar. Precisam ser retiradas e arrumadas, identificadas em sua ordem de uso. Uma faxina de vez em quando é muito bom. Tipo: qual delas ainda deve ficar no armário, qual não serve mais, qual eu uso mais, qual eu pretendo usar só mais algum tempo focando para ficar sem ela em breve, enfim: FAXINA!

Jogar fora? Tá louca? Fico como sem roupa... não, não, não!!!!

Calma, podemos ainda dar uma pintadinha no rosto, umas pinceladas.

Afinal, Deus entende nossas necessidades e Ele mesmo providenciou umas folhas para cobrir a nudez do casal imprudente.

A gente pinta, retoca, coloca um pouco de moldura na parte mais bela, umas "penas" nas partes das rugas, um "chama" na parte que o outro gostaria que tivéssemos e não temos. MAQUIAGEM!

Gosto muito de minha "cara" lavada! Mas com certeza gosto também dela pintada!

Então escolho as situações em que eu pinto e em que eu lavo a "cara"!

Contanto que todo retoque e máscara que use não esconda o meu sorriso.

Rir, rir, rir...

Sabadísses - Anotações

Uma coisa não permito: Que ninguém, ninguém, roube o meu sorriso!

Porque Deus quando me dá lágrimas Ele as enxuga com meu sorriso, e não posso esconder o lenço de Deus por trás de máscaras! SÓ RISO!

Por isso gosto de me expor de vez em quando!

Gosto de lavar o rosto e mostrar a cara!

E nem tente você dar na minha cara achando que estou vulnerável!

Nem tente apontar teu dedão respaldado na minha autenticidade! NEM TENTE!

Não tente, porque tenho minhas máscaras para ocasiões especiais, para dias de sábado!

Boa folia para todos!

Sabadísses - Anotações

2. O AMOR É CIRCULAR

Ouvimos expressões do tipo: '*pare de andar em círculos!*' Como parar de andar em círculos se o planeta é redondo?

Assim como os sábados...

A questão não é se estou andando em círculos, para frente ou para trás.

A questão é: estou andando em direção ao que quero?

E se o que desejo deixei para trás durante a caminhada, é lícito que eu volte e busque!

Mas se o que quero está além, ainda não deu para viver, então que eu ande pra frente.

E se o que eu gosto mesmo é de andar, sem me importar se passou ou vai chegar:

que eu ande em círculos enquanto canto o lalarilalará!

Mas a questão não finda aí.

Porque se quero buscar coisas que ficaram, e quero viver coisas que ainda não vivi, e gosto de carrossel?

Aí minha amiga, meu amigo, danço o '*tripudium*'.

Tripudium é uma dança que pertencia as corporações e processões primaveris de sacerdotes destinados à purificação

Sabadísses - Anotações

dos campos, datadas em sua origem aproximadamente de 754 a 200 a.C.

Essa dança consistia numa tripla batida dos pés no chão repetida por três vezes.

Em seu formato, eles davam as mãos em círculo, davam dois passos para a frente e um para trás.

Com esse movimento, sempre caminhavam mais para a frente que para trás e se apoiavam um no outro na caminhada.

Por isso não posso dizer para frente ou para trás.

Posso buscar um pouco das minhas raízes, para trás,

enquanto caminho em busca do inusitado, para frente,

dançando a dança do afeto: um círculo de dar-se e receber contínuo.

Tem sábado que *Tripudium* é melhor que marchinha de carnaval.

Sabadísses - Anotações

3. "TEM QUE" NADICA DE NADA"!

Que é isso que está acontecendo com o povo?

É muita "noia" na cabeça e muita ginástica na comunicação para convencer alguém do que ela não quer e nem sonha fazer.

Cuidado, em dia de sábado: ofereça, mas não se empobreça!

Quando o "tem que" surge na fala, trava tudo. Ora, se eu já vivi até aqui sem "ter que" e estou feliz com a vida que levo e conquistei, por que você, que ainda não chegou na metade do caminho (ou chegou, quem vai saber, não é?) e que não convive com a minha realidade vai saber o que "tenho que" fazer ou ser?

Sou uma defensora de sonhos e realizações. Sou adepta do propósito e da causa possivelmente justa. Adoro estradas, caminhos e trajetos mais do que chegadas. Mas a alienação dos modismos, a pulverização do senso comum e o roubo da singularidade e liberdade pessoal, não me atrai, na verdade me enjoa e aí eu estou fora.

Uma experiência exitosa pessoal não significa que a mesma é replicável para outras pessoas, em outros contextos e outras realidades.

Acorda, Criatura!

Sabadísses - Anotações

Além do seu umbigo tem uma ruma de umbigos bem diferenciados. Tem o raso, o fundo, o embolotado, o estufado, o limpo, o sujo e o pior deles... aqueles que ainda não foram cortados, os parasitas!

"Tem que" nadica de nada!

Vou é me esparramar no QUERO SER E FAZER!

Porque hoje é sábado!

Sabadísses - Anotações

4. RE-VISÃO DA CEGUEIRA

SE CONSERTE!!!!
Coisa difícil é arroxar os próprios parafusos,
cortar os excessos de si mesmo,
avaliar as motivações pessoais
e viver conforme os conselhos dados.
Melhor e mais fácil é somar 12 ao jogar os dados!

SE APERTE!!!
Pois melhor que os grilos da vida folgada
é a estrada traçada e desenhada,
mesmo que no fim ela leve a nada,
pois mais rico é o processo que a chegada.

SE REVISE!!!
Quem vive de instantes é foragido escondido,
um instante precisa ser degustado, mesmo no sábado,
mas a vida precisa ser construída.
E se amanhã ela terminar?
Que seja!
Uma vida lapidada na verdade não acaba,
fica sempre o seu aroma,

Sabadísses - Anotações

o seu gosto na saudade,
um pulsar de memória na vontade!

SE LIGUE!!!
Uma pessoa que faz barulho no start, morre nos cem metros adiante.
A "fubica barulhenta" explode a virada da chave,
mas depois esquece e vive estacionada.
Ligue sua intenção a razão do coração,
ligue seu coração a razão do "porque NÃO?".
Ligue sua vida numa fiação interligada,
e assim quem sabe o combustível dura até na invernada!

Sabadísses - Anotações

Desejo a vocês:

Namoro no portão, domingo sem chuva, segunda sem mau humor, sábado com seu amor.

Chope com os amigos, viver sem inimigos, filme na TV. Ter uma pessoa especial e que ela goste de você.

Carlos Drummond de Andrade

Sábados de Março

1. ALMA PEREGRINA

Ouvia de meu pai quando criança em tom de brincadeira algo assim:

— Se sua mãe demora muito sem viajar a mala dela começa a tremer no armário!

Minha mãe adorava viajar e meu pai prover e trabalhar. Alguém precisava custear não é mesmo? Pois bem, não sei se por influência de minha mãe eu já cresci amando viajar, me deslocar. Minha primeira viagem sem meus pais foi aos quatro anos para uma fazenda no sertão da Paraíba e sem fones! Passei lá quase um mês! Minhas viagens alternavam entre as localidades pobres e rurais e as urbanas e abastadas, eram roteiros muito ecléticos.

Nas estradas do Nordeste, eu via constantemente as caravanas e acampamentos de ciganos que me enchiam os olhos. Nas respostas dadas pela minha família sobre que povo era aquele, eu sempre ouvia que eram "peregrinos", pronto, para mim foi o suficiente para a partir de então querer ser quando crescer: "UMA CIGANA"!

Minha alma peregrina estava à procura de uma identidade!

Sabadísses - Anotações

Cresci inconscientemente querendo fazer "algo" que respondesse a minha alma peregrina: cigana (meus pais nunca deixariam), turismo (todo mundo ria quando eu mencionava isso na década de 70), arqueóloga (no Brasil da ditadura para sair era uma burocracia tremenda), então passei a buscar justificativas para me mudar de cidades a partir dos 18 anos: de João Pessoa para Salvador, de Salvador para Fortaleza, de Fortaleza para Recife, depois Fortaleza de novo, daí para o Iguatu (interior do Ceará) e volto para Fortaleza. Ufffaaaaaa!! Mas não saí do meu chão nordestino! Nenhuma mudança foi totalmente volitiva, mas todas tiveram respaldo profissional.

Na verdade, há algumas décadas, eu tive um encontro com uma pessoa muito especial, um peregrino também, um habitante de tendas como os ciganos, um fazedor de histórias como os arqueólogos e um descobridor de novidades como um turista. Um peregrino que até hoje anda comigo, ou seja, eu ando com Ele: DEUS! Podem chamá-lo como quiserem, divino, universo, até de Deus desconhecido, não importa, pois apesar dEle ser imutável, Ele é peregrino até no nome! Tanto é que as religiões tentam fazer Ele ancorar em suas doutrinas falidas, e Ele... peregrina! Desde que eu o conheci eu me coloquei de malas prontas, na plataforma da estação. Claro, sem deixar de retocar o visual, mas pronta para ir onde preciso, devo e quero ir! Sempre viajo e transito com Ele. Até hoje eu não sei se me agarrei a Ele para viajar, ou se Ele me preparou desde criança para peregrinar! Para mim isso não é importante, importante mesmo é o Caminho e a

Sabadísses - Anotações

companhia de quem anda junto!

O lugar???? Tanto faz, isso é fato. É minha raiz burguesa misturada com raízes sertanejas, que me permite beber água de pote na taça de cristal, sentada num tamborete de pele de cabra, como quem está no palácio do Rei.

Qualquer lugar do mundo é um palácio se você traz a realeza na alma e a humanidade na mala!!!!

Estou fechando mais uma etapa de vida! Este ano fecho mais um ciclo.

Estou em um ano sabático. Estou de joelhos, em um misto de ansiedade e paz imensurável! Estou com a "frivioca" da peregrinação.

Estou saindo da mesmice para a novidade de vida, da acomodação para a inovação, da segurança para o desconhecido, mas, não estou aqui, estou sempre indo, indo, indo...

Sabadísses - Anotações

2. ESPAÇOS LIVRES

Em cada canto uma cultura, em cada forma de olhar um pensamento e em cada vivência uma história com pano de fundo diferente.

Cada pessoa que lê algo, não lê apenas com seus olhos, mas também lê com o seu anseio, seus medos, seu consciente e seu inconsciente.

Cada crença desenvolvida é desenvolvida com as influências dos desejos incubados e vontades explicitadas.

E assim cada um julga, absolve, condena, interpreta, projeta, cria, inventa, entorta, ajeita, justifica a seu bel prazer, a partir de seus recônditos de alma, impregnado de sua mente que em verdade... mente. O mesmo sábado para cada povo é diferente.

Que coisa louca a diversidade,

uma insanidade tentar normatizar o que é multiforme, imaterial, invisível e inatingível.

Loucura sem cura.

Estou falando isso, porque em meio aos variados convívios que passo a cada passo, existem alguns, que me oferecem

Sabadísses - Anotações

uma "bandeja" enfeitada de sugestões, normatizações e razões dogmáticas justificáveis — algumas razoáveis e outras nem tantas — para que seja "engolida" e absorvida a fim de legitimar a pessoa que serve e a que é servida.

Que horror o banquete mortífero imposto a despeito de sua vontade e liberdade.

Costumo dizer que, se eu absolvesse cada "bandeja" que me oferecem por onde eu passo, já teria ficado esquizofrênica, tamanha é a variedade de pensamentos e "mimadas querências" impostas através de sorrisos *monalísicos* (não sabemos se riem por ironia, por santidade ou por insanidade).

Enfim, esta semana a alegria me encontrou, pois o que me deixa muito feliz é ter o privilégio de andar por espaços abertos, afetuosos, livres, respeitosos, despojados de proteções contra o mal — porque onde há bem, não se consegue ver o mal tão bem.

E isso é libertador.

Talvez quando todos nós possamos perceber que...
é no aceitar que acontece a atração,
e que é na atração que acontece a aproximação,
e que na aproximação o abraço é manifesto,
e nesse acolher a cura pode haver,
e pode ser que quando a cura começar a proceder,
possamos entender que antes da cura havia dor
tanto no abraçado, quanto no abraçador...

Sabadísses - Anotações

... quem sabe,
quando esse tempo chegar,
a Paz se instaurará.

Em palcos e salões as fantasias encontram suas reais dimensões.

Em mentes criativas as fantasias constroem realidades a partir das impressões.

E em vidas bem vividas vivem-se nus, tanto pardais quanto urubus!

Sabadísses - Anotações

3. HÁ PORTAS E PORCARIAS

Há portas de todas as formas e por elas passam todos os tipos de gente. Mas poucas pessoas percebem o seu discurso infame. As portas têm boca e falam, com sua "boca" aberta ou fechada. Há portas para cada fase da vida e para cada dia da semana, de sábado a sábado.

Certa vez estava eu na casa de um "povo", e ao entrar na sala para tomar um café, avistei uma escada que dava em nada. Ela terminava no teto, em uma porta que não abria, a porta não dava passagem para canto nenhum. Eu perguntei o porquê daquela escada e daquela porta. A resposta foi que erraram no projeto. Entendeu?

Quantas vezes fazemos planos escabrosos, sem medir, sem pensar. Quantas vezes, vemos a porta do vizinho, do amig@ virtual e a queremos para nós, só que ela não cabe na nossa estrutura física, emocional e social. E ao final, ficamos a sonhar com uma porta que não vai dar em canto nenhum.

Uma outra vez, vi uma senhora em um banco financeiro, rodando na porta giratória, ela não saía e nem entrava, foi preciso alguém ajudá-la a sair daquele parque de diversões. E não é isso que acontece conosco às vezes? Ficamos vivendo certas situações, reclamando ou brincando com a mesmice, nem entramos de verdade e nem saímos, por medo da responsabilidade que vem com a escolha.

Sabadísses - Anotações

Ainda vi uma pessoa, diante da porta de um cofre, sem o segredo que a abria, mas tentando abri-la apenas por curiosidade. Não sabia o que havia lá dentro, não sabia se ia valer a pena o tempo gasto, mas a excitação do desconhecido a movia para uma tarefa sem sentido e sem resultados. O não saber é tão rico quanto o saber, e se você não sabe, cuidado... Você pode estar diante de um cofre há muitos meses, encantada com o rola-rola para a direita e esquerda, brincando de sorte com o azar.

Vi também uma pessoa passar e se jogar diante de uma porta de vidro, pensando que ela não existia. Bateu com a testa, porque não viu que a porta estava fechada. Ela pensou que a porta não existia de tão limpa que ela estava. Por vezes, está tudo tão claro, tão limpo que é melhor fingir que não está lá e assim tentar atravessar o que está fechado há muito tempo, como se estivesse totalmente aberto. *Eita!!!!* Segura a testa.

Seja você a porta da sua porta.

Se perceba e bata na porta educadamente, espere um tempo, pode ser que você se abra... mas pode ser que você se feche!

4. O MELHOR DE VOCÊ

Aprendi uma coisa na minha caminhada: "Não deixo ninguém tirar aquilo que há de melhor em mim!" Nem por dor, nem por mágoa, nem por sofrer, nem por desilusão, nem por querer ser o que tantos são. Se alguém se utiliza do que tenho de melhor, problema de quem se utilizou, porque eu continuo sendo eu mesma, e o outro só passou e não se tornou!

Que coisa triste é a inveja, que não consegue ser, e se esforça um 'tantão' para que o outro não seja, para assim conseguir afofar seu próprio travesseiro de perspectivas não alcançadas.

Seja você mesmo sempre. Não sinta necessidade de ser outra pessoa, seja feliz com você apesar de Freud, apesar de Jung, apesar de Buda, apesar do senso comum e das religiões, apesar do sábado. Seja feliz!

Porque o único limite necessário para você exercer sua felicidade é permitir que o outro seja quem é. Se o outro é feliz chorando, que lindo, que chore.

Sabadísses - Anotações

Lembro de uma certa ocasião em que eu estava passando por uma situação complicada e estava chorando muito, e quando cheguei no trabalho, de cara lavada, após uma noite mal dormida, um colega me falou:

— O que você fez? Você está tão linda!!!

— Nada, só chorei! — respondi.

— Como a dor te faz bem menina!! — disse ele.

Em outro momento escutei de outra grande amiga que eu era a única pessoa que ela conhecia que conseguia fazer piada com a própria desventura!

Enfim, o que pode ser ruim para você, pode ser bom para a outra pessoa.

Não deixe de ser feliz, mas deixe que o outro seja feliz a sua maneira, evitemos colocar todas as formas dentro de um mesmo pacote, onde a gente começa a dizer para o outro como ele deve ser. Seja, mas deixe o outro ser. Faça, mas deixe o outro fazer, Sinta e deixe o outro sentir!

Seja e não deixe que ninguém te roube de você mesmo!

Principalmente no dia de sábado.

Sabadísses - Anotações

Devia ser sábado, passava da meia-noite.
Ele sorriu para mim.
E perguntou:
— Você vai para a Liberdade?
— Não, eu vou para o Paraíso.
Ele sentou-se ao meu lado. E disse:
— Então eu vou com você.

Caio Fernando Abreu

Sábados de Abril

1. SEJAS OSTRA... E NÃO TROUXA!

Uma pérola (também designada por margarita) é um material orgânico duro e geralmente esférico produzido por alguns moluscos, as ostras, em reação a corpos estranhos que invadem o seu organismo, como vermes ou grãos de areia. É valorizada como gema e trabalhada em joalharia.

Mas pérolas não são conceitos elaborados através de estudos ou pesquisas, não são formuladas em ambientes acadêmicos, não existe diploma de "perolalogia", não se compra a feitura de uma pérola verdadeira... não se ensinam os 7 passos para produzir uma pérola genuína, não existem fórmulas, nem métodos para a formação de pérolas naturais.

São formadas em ostras. Em ostras, entendeu????

São formadas em certos moluscos capazes de viver longos períodos de ostracismo, porém inseridos totalmente em canteiros repletos de outros moluscos, em associativismo, e ao mesmo tempo em solidão reclusa dentro de si mesmo, em seu 'IN'! Captou? Ou ainda não?

Sabadísses - Anotações

Sei que é difícil se fechar em si mesmo enquanto convive em um oceano de moluscos aparentemente iguais e totalmente diferentes. Mas a verdade é que existem mais de 100 mil tipos diferentes de moluscos na Terra, a maioria dos moluscos que crescem as pérolas são do tipo não comestíveis – a esta altura já tem gente dizendo: NÃO SOU EU!

Mas 'não comestível' quer apenas dizer que eles são protegidos de maior depredação pelos humanos, devido a sua grande missão: PRODUZIR PÉROLAS! É mais importante utilizá-los para fins econômicos que digeri-los para fins alimentares.

O nome "PÉROLAS`` vem do Romano palavra com o significado de ′′formato de lágrima"'. As pérolas são formadas numa concha de molusco, na água salgada (e de água doce) através de uma acumulação de nácar (madrepérola) envolvendo um corpo estranho intruso.

Sabe aquele 'intruso'? Aquela situação hedionda? Aquele episódio que lhe deixa perplexo? Sabe aquilo que é fato, porém não entendemos de fato? Sabe aquele 'cisco' na alma? Aquela dor que te sorri todo dia e diz: "Oi, mas um dia juntinhos!!!" O apóstolo Paulo, seguidor de Jesus de Nazaré chamava de 'espinho na carne'. Madame Guyon, mística francesa, chamava de 'noite escura do espírito'. João da Cruz, frade carmelita denominava de 'noite escura da alma'. E sobre isso tudo eu penso:

Sabadísses - Anotações

Sabe este caminho que você está atravessando e pensa que está sozinho? Você não está sozinho.

Sabe a parte ruim da história? É a parte boa.

Sabe o que dói? É o remédio sendo produzido.

Daí nascem as pérolas humanas, desse escuro ostracismo, desse útero de surpresas, dessa gênese vivencial e nada, nada, nem ninguém, produz as pérolas que só você produz.

Ontem, um dia de sábado, recebi três pérolas presenteadas por alguém que as produziu em VIDA VIVIDA. Foi tanta riqueza em algumas horas de conversa, tanta vida que fluiu em tão poucos minutos, que pensei: MEU DEUS, QUE FAREI COM ESSAS RIQUEZAS?

E pensei, pensei, pensei e fiz um anel em meu pensamento de três pérolas, adornado com ouro e quero guardá-lo em meu coração, ao lado de minhas próprias pérolas, já que as pérolas completamente naturais formadas apenas pelas ostras, são muito raras e as que existem tem um valor muito elevado.

Uma ostra chega até nós fantasiada de gente, uma joia feita de vida, adornada pela dor e abrilhantada pela felicidade da gratidão de mais um dia... é rara!

E o que lhe desejo neste sábado é que você seja mais ostra que trouxa!

Sabadísses - Anotações

---

2. FUXICO É BORDADO DE RICO

Estou aqui, por um tempo, por um pouco de tempo. Um tempo que vem ardendo na alma, na vida, como pimenta em comida.

Mas o que eu acho mais incrível de tudo que eu escrevo, é o atrevimento.

Atrevimento do julgamento, dos intentos que invento ou dos inventos que intento.

Atrevimento do pensamento, dos que pensam que podem ler meus sentimentos.

O meu meio fio, não contorna teu rio...

Teu vestido não me veste quando estou nua, se situa!

Blá, blá, blá... vai para lá, sai de lá, vem para cá...

No dia de sábado é muito fuxico!

Que fuxico? Um fuxico nem devia falar.

Um fuxico de tecido tem a boca fechada por uma linha transpassada.

Faz do teu buchicho uma colcha de fuxico, que tenho certeza que vai melhor te ajudar.

Sabadísses - Anotações

Em vez de uma língua solta terás um xale para te enrolar.

'Axo' que de tanto fuxico que fez, uma cortina de palco já deu, deu que doeu.

Se não deu, está pela metade.

Tá bom, para quem se acostumou a viver em pedaços, e enrolada como cabelo no ralo, embrulhado pelo rio de água que banha os lavados, enlinhado...

Tá bom demais, quer mais?

Se você não está entendendo esse texto, te dou uma dica. Uma dica que fica. Que fica e não se estrumbica...

Cuida da sua vida, porque enquanto você fuxica, um monte de gente vive a vida que você queria, sabia?

Assinado, eu, tomando chá com as pernas para cima, na varanda olhando a esquina... em dia de sábado inspirativo.

Sabadísses - Anotações

3. HOJE

Sábado. Dia tenso como muitos e como poucos.
Sim!

Porque sempre há um dia mais tenso que o hoje e um dia menos tenso que o mesmo, por isso, cada dia já tem sua dose de cachaça e sua fatia de limão.

E nem vem com aquela coisa de fazer caipirinha, porque há dia que não há tempo de fazer a mistura, o que dá para fazer é emborcar a dose que nos cabe, deixar ela rasgar nossa garganta como abraço de labareda, e depois mascar uma fatia de limão como se fosse a mais doce goma de mascar.

Mas o melhor mesmo é quando percebemos que ao final do dia conseguimos andar de mãos dadas com nosso lamento, de forma a nos largar no sofá da impotência, e quando assim acontece, conseguimos sorrir com a mais louca notícia, como se ela fosse a voz do carteiro trazendo em sua bolsa a nossa mais esperada carta de amor.

É preciso garimpar risos em meio à tempestade, é preciso andar em terra quente como em beira de praia, porque na verdade, as tempestades e as ondas, são apenas o grito da vida amuada, melindrada, querendo chamar a nossa atenção.

Sabadísses - Anotações

4. ...EM LETRAS minúsculas DIANTE DO AMOR!

Coisa mais sem sentido é a explicação. Que perfeição é o recôndito humano... coração, mente, alma e espírito.

Nenhum ser humano tem acesso a entrada nas salas e antessalas do imaterial.

Nem mesmo nós podemos nos perscrutar por inteiro, com segurança assertiva.

Que posso dizer diante disso: belo, admirável... o misterioso SER humano.

Criado e entretecido em segredo no escuro de um útero, íntimo, secreto até mesmo para quem o acolhe em seu interior.

Meus olhos lacrimejam, minha boca fica entreaberta e minha expressão maravilhada não encontra palavras para esse Amor Respeitoso que criou a vida escondida, ao mesmo tempo que a expõe desavergonhadamente como espetáculo diante de todos.

Ahhh, Vida!

Sabadísses - Anotações

Coisa sem sentido é o julgamento.

Se mete onde nunca poderá entrar, tenta entreabrir as recâmaras que nunca lhe pertenceram e nem pertencerão.

O julgamento é um coice no céu.

Uma afronta ao sagrado que envolve o universo manifesto e escondido, um desrespeito à imagem dos lugares inacessíveis.

Toda vida é sagrada e impenetrável.

Toda vida é guardada e inviolável.

Todo pensamento, anseio, sonho, angústia, imaginário consciente e inconsciente não pertencem à esfera dos déspotas controladores.

Ahhh Criação criativa, tu ris de toda pretensão de domínio humano.

Ria, ria muito, porque a piada se estende do altar aos guetos, da santa mesa ao espúrio bordel.

A piada do julgamento.

Coisa com significado é o Amor.

Se agiganta diante de toda pequenez, se avoluma diante do inalcançável sendo ele mesmo indecifrável. Diante do amor toda in-significância se perde, toda pretensão se envergonha, toda arrogância se dissolve e todo 'querer saber' emburrece, porque na Vida e só nela há sentido... mesmo que sem explicação, pois o sentido e o significado não se explica.

Sabadísses - Anotações

Ahhh, Amor,

tu não julgas nem podes ser julgado, pois não és atitude como muitos conceituam, tu és muito mais que ações ou emoções...

TU ÉS!

eu, em pleno sábado, em letras minúsculas diante do AMOR!

Sabadísses - Anotações

Acho que sábado é a rosa da semana.

Clarice Lispector

Sábados de Maio

1. COSTURAR A VIDA

Costurar nunca foi minha praia. Não que eu não tenha tentado algo sobre o assunto, mas definitivamente não tenho habilidade, nem inclinação. Essas coisas muito minuciosas me impacientam. Se tivesse uma cola para juntar as partes de forma segura e definitiva, acho que me aventurava. Mas esses pequenos pontinhos bem próximos um do outro, milimetricamente calculado. Ufa, cansei só de imaginar!

Mas acho lindo quem faz e faz bem feito! Estou falando sobre isso porque apesar de não ter aptidão para costurar tecidos, parece que gosto e tenho habilidade para costurar situações e relacionamentos, e isso é para quem tem disposição de mente e alma! Quando falo de costurar relacionamentos não me refiro a tentar mantê-los a todo custo a ponto de fazer um remendo grosseiro estragando o todo.

Menos é mais.

Desenhar o modelo apropriado antes da costura é um desafio a ser feito a quatro, seis, oito, enfim, quantas mãos forem necessárias e isso exige sincronia, respeito, escuta, inclinações, empatia e muito, muito tempo. Aprender a comunicação necessária para a construção de um modelo que vista bem a ocasião. E se for necessário, conflitos podem

Sabadísses - Anotações

surgir. Que surjam! E que se vão... e que voltem... e que se deixem. Mas que prevaleça o desenho que possibilite a construção de um novo momento de vida e não de morte!

Enfrentar a instrumentalidade de tesouras, linhas, agulhas e medidas, entre outros, não é fácil! Desenhar com giz o lugar do corte é uma arte difícil de enfrentar. Sim, porque costurar envolve cortes e pobre de quem não entende o processo: cortar situações, medir palavras, juntar peças e muitas vezes ter que saber lidar com as alfinetadas... e também alfinetar. Coisinha difícil... mas é preciso uma primeira montagem para ensaiar o novo olhar, o novo tempo!

E a nudez? Ops, essa parte é realmente constrangedora e desconfortável, mas a situação exige se desejo que, o que há de vir, esteja e seja bem feito... que me dispa, que me exponha, que me arrisque, que me livre de tudo que me impeça de me vestir de forma conveniente a quem sou e a que sou chamada a ser. Nua, nua de minhas roupas velhas, nua de minha predisposição, nua de mim mesma como sempre fui... pronta!

Que venha a **primeira prova**... nervosa!
Que venha a **segunda prova**... ansiosa!

Os adereços são as pérolas que juntamos na ocasião. São joias para a eternidade. O vestido pode até a traça roer, mas o aprendizado fica em cofre na alma, são minhas joias

Sabadísses - Anotações

e ninguém toma. Nenhum julgamento dos superficiais e nenhuma condenação dos padroeiros da cruel inquisição não as queimam. Elas são minhas joias que ganhei de presente do Artesão da vida!

Estou quase pronta, **vestida de novo**, vestida como um dia de sábado, vestida à espera da triunfante entrada, vestida para viver, para ser o que fui designada a ser. As cortinas se abrem só para os que habitam em minha alma, os outros só entram no salão da festa e nunca nas recâmaras... nem os que participaram da costura podem saber o que acontece na sala de espera... silêncio amoroso e reverente!

Só que tem um detalhe! Tenho **estilo próprio** e não abro mão! Minhas digitais, minha história, minha singularidade, minhas marcas, meus desenhos são presentes da vida para mim! E os dados, as normativas que querem clonar as situações e a vida... que desperdício. Levo tatuada na minha pele a minha identidade!

Menina, você cresceu, voltaste a ser criança!

Sabadísses - Anotações

2. SIMPLICIDADE E PRUDÊNCIA

Estou catando as palavras de forma a tirar o máximo de poeira, resíduo ou qualquer coisa que possa impedir delas reluzirem em mim mesma, porque palavras não podem ser tratadas como coisa qualquer, para mim elas são diamantes que eu carrego dentro do coração para me acompanhar em cada situação específica. Tenho um amigo que diz: *você sabe a arte de usar as palavras!* Não sei se chega a tanto, mas de uma coisa sei, elas fazem diferença em minha vida. Mesmo usando as mãos para escrever, na verdade vou falar de palavras e pés, sim, porque em mim elas também pousam nos pés! E em dia de sábado sempre vem um conflito: com que sapato eu vou?

Sempre me vejo calçada em um sapato feito de aramado, só armação e sem cobertura, é assim que ando. Pode me chamar de imprudente, muitas vezes sou mesmo. Fico entre a prudência, e a simplicidade da confiança e da credulidade, mas sempre escorrego mais rápido para simplicidade. E por isso, tome pisada, tome raspão no calcanhar, tome lama... e nem venha me dizer que estou me vitimando. É! Agora todo mundo aprendeu essa palavra "vitimando" e fica usando totalmente fora do seu sentido, significado e conceito real. Por isso, agora ninguém mais pode dizer o que sente por que está "se vitimando". Pronto! Conseguiram calar a boca dos afetos, dos sentimentos e das emoções com a rolha do "se vitimando". Só rindo! Quer saber o que significa vitimar?

Sabadísses - Anotações

Entra no Google, porque se eu disser para você o que é vou ser acusada de lhe tornar vítima de meus conceitos.

Por vezes, fico tentada a sair de casa com um calçado cheio de pregos com as pontas para fora. Um sapato porco-espinho. Esse calçado, penso eu, representa melhor a prudência. Com certeza evitaria muita coisa na minha vida, muita dor, muito prejuízo, muita perda. Uma proteção e tanto. Não seria mais vítima de ninguém, mas penso que faria muitas vítimas. Gosto muito de buscar algum equilíbrio, nem sempre consigo, (deixa eu ser mais verdadeira), quase nunca consigo. Mas teoricamente dizem que temos que gerar uma linha de tensão entre os polos (simplicidade e prudência) e deixar que nossas ações encontrem o centro da linha imaginária que une os dois. Quando eu corro para a simplicidade sou ferida sempre. Quando eu tento ir para a prudência, eu firo sempre. Imagine lidar com um sapato como esse, um cacto nordestino, terrivelmente complicado!

No final da história, chego a uma conclusão — conclusão momentânea, não sei se fico com ela depois — que não posso negar minha essência da simplicidade: da crença em Deus, da crença no ser humano, da crença nas palavras, da crença em uma vivência respaldada na confiança e na verdade. Porém, se em nome de toda simplicidade, meus pés forem pisados, por que me queixarei? Se os pés daquele que creio foram pregados sem dó e sem pena, isso não quer dizer que tenho que colocar meus pés debaixo dos pés dos outros para depois dizer "tira teu pé de cima do meu", porque isso

Sabadísses - Anotações

não se chama "graciosidade" e sim "estupidez". A minha estrutura é diferente da dele.

Então resolvo andar descalça "calçada" na simplicidade e "enfeitada" de prudência, porque os adornos são como pequenas luzinhas que sinalizam uma verdade inquestionável: eu estou viva, eu sinto, por isso veja bem onde pisa!

Como no início, termino com as mãos, tirando o pó das palavras: vivo a simplicidade como forma de honrar a liberdade para mim conquistada, e com o calçado da prudência vou com passos firmes fechando as portas da estupidez, honrando o amor com que sou amada!

Um pouco armada!

Um tanto amada!

Sabadísses - Anotações

3. CAMINHOS E DESCAMINHOS

Hoje é sábado e vou falar de caminhos, por isso será melhor que tiremos o calçado, não porque a terra é santa, mas porque eu e você somos sagrados e descalços interagimos melhor com a terra. Sim, porque ser sagrado não é se distanciar da terra, mas sim voltar a essência de ser húmus, de ser fértil, de ser nivelado num mesmo patamar com todos os seres vivos porque a vida foi criada da mesma essência. Por um momento quero sentir a terra em meus pés me dizendo: "Sinta seu poder de gerar, de reciclar o que seria lixo em vida plena e nova vida, sinta como seus pés se acomodam ao solo e o solo se acomoda em seus pés, posso sentir. E você?"

Caminhar é isso para mim: é interagir, é dar e receber, é reciclar, é nivelar.

TIREI OS SAPATOS!

Sei que tem caminho por demais estreito, costumo dizer que é tão estreito que não me permite fazer a curva, não há espaço para o giro do corpo, porém, o fato dele se apresentar estreito não quer dizer que seja uma prisão, uma armadilha, um labirinto. Não! O caminho que conheço, embora seja estreito é plano, é reto, é lindo, tem à sua margem vida alegre, tem céu, tem mar, tem vida. Pode correr, pode pegar velocidade e sentir o vento no rosto. Estás sentindo? Brisa, vento, ventania... quando ela sopra desalinha e alivia ao mesmo tempo. DEIXEI O VENTO CHEGAR!

Sabadísses - Anotações

Tem caminho que só se pode atravessar sozinho. Nada e nem ninguém para compartilhar sua dor, seu sofrimento. Às vezes até tentamos, mas não tem ninguém. E aí colocamos a culpa nas pessoas, dizemos que não temos amigos, que ninguém se importa, que o amor esfriou, dizemos tanta coisa, até pensamos que os céus nos abandonaram. Aquele que é 'todo presença' e ocupa todos os espaços não pode abandonar simplesmente por ele não estar, Ele é. Mas mesmo SENDO, Ele se veste de silêncio e nos chama a adentrar o deserto, veja, escute, estás escutando? A voz do silêncio e a beleza da insubstância? É o útero da transformação te gerando, me gerando, nos gerando. Escuridão e silêncio enquanto a vida se forma, apenas o som do coração e respiração, caminho do nascedouro. DEIXAREI NASCER!

Tem caminho perigoso, gente! O caminho livre e solto. Tem que ser pé ante pé, um passinho de cada vez para não ficar tenso. Vou dançando, vou no ritmo da música, vou no clima da estação. Você quer dançar esse caminho comigo? Estás ouvindo a música? Eu estou! Tem ritmo de aventura, tem ritmo de beleza, tem ritmo de liberdade... tem risco, sim, muito risco, por isso é perigoso. Esse caminho eu trilho sempre porque fui chamada para estar desarmada, entregue, rendida, pronta. Pode ser que eu viva menos por isso, mas isso não quer dizer que viva pouco. Por quê? Porque a leveza que não condena e nem culpa me alcançou, e ela não é teórica, é fato, é real, é concreta. DEIXAREI SER LEVADA!

Tá pensando que vou escoar pelo ralo? Não, quando estou cansada eu sei parar, porque quem não sabe parar,

Sabadísses - Anotações

não sabe caminhar e nessa hora sempre tem uma ponte, uma mão, um ombro, uma palavra, uma poesia, sempre tem um ouvido, seja ao vivo, seja à distância. Que paradinha boa... o que vem depois dela eu não sei. Você sabe? Você tem respostas prontas? Não aprontemos respostas porque geralmente o CAMINHO nos surpreende! DEITO-ME E ESPERO!

Estou me dando o direito de estar no caminho e deixar que o oceano da imaginação me cubra por inteiro! Se você quiser entender, não se arrisque a ler de novo, não entenderás! Melhor que entender é prosseguir. Então sigo e prossigo...

Sabadísses - Anotações

4. JAMAIS OS AIS!

Hoje vou falar de dores.
Vou falar de desconfortos.
De ais... demais!

Sim, peço até desculpa por quebrar a sequência, parecia que ia virar poesia, mas isso é dor: a quebra, a ausência, a negação, a indiferença, a dor é a frustração, é o não inesperado e ao mesmo tempo temido!

Ouço dores de muitas pessoas. Pessoas falam de suas dores presencialmente, ao fone, pela rede virtual, de várias formas ouço as dores. Ouço pela visão, pela observação do outro, ouço e reconheço, sim, reconheço porque em mim carrego muitas. Umas já resolvidas, outras administradas, e outras que talvez nunca irão se apartar porque me trazem para a realidade da vida, me nivelam, me aproximam, me enxergam!

Existe a dor de se perceber sem espaço, espremida, apertada, imobilizada. Eu quero me mexer e não consigo, paralisada, gostaria de buscar outra posição, outra postura, outra história, pelo menos gostaria de ir ao encontro das saídas. Mas não consigo. O pior é que nessa imobilidade vou

Sabadísses - Anotações

me confundindo com a paisagem e penso que faço parte daquele quadro de gesso, de pedra, fico presa na cena, vou ficando insensível, dormente, fria. Se pelo menos pudesse mexer as extremidades, permitir que o sangue circule, me sentir viva. Ah! Talvez assim eu pudesse virar a cabeça para outro lado e ter outra visão da situação. Mas eu sei porque não me mexo... com medo de que as paredes caiam com minha saída do aperto.

Falar em visão. Tem a dor da cegueira. Não percebo, não vejo, não dou conta. Levo minhas mãos aos olhos para não ver. Porque é melhor esperar que alguém me conduza pela mão, pois se cair não será minha responsabilidade, não irei precisar entender, não quero entender, me cansa refletir, avaliar, autogerir... deixo que ou outros façam isso por mim. Não falta gente para achar coisas em mim, ver meus defeitos, me criticar, dizer inverdades e verdades. Na verdade, para mim tanto faz que sejam verdades ou não, não vejo nada mesmo. O bom é o depois, o conforto da escuridão imexível e segura.

A dor do silêncio. Essa é cruel, não poder falar, me expressar, opinar, sugerir, lamentar, gritar, gemer... nada. Muda, calada. E se ousar falar, não serei ouvida, minha voz será catalogada no livro das idiotices, pois da minha boca sábia só pode sair o que se espera ouvir e nada mais. Que relevância há na minha dor? Em que ela irá contribuir para o bem da sociedade? Nada, nada mesmo. É problema exclusivamente meu, só meu... até que ela possa lhe aliviar na sua dor! Calada dor, fica quieta, silêncio! Todos estão dormindo...

Sabadísses - Anotações

Ao ver uma foto com alguém boiando, só com a metade da face de fora, perguntei-me: O nariz está fora d'água ou dentro d'água??? Ela está boiando de barriga para cima com o nariz fora d'água ou de barriga para baixo com o nariz submerso?? Porque eu queria uma foto com o nariz dentro d'água para exemplificar o fato de estar sem ar, sem respirar, mas depois pensei... ah, que diferença há nisso? Se eu estiver submersa, sem respirar, é algo angustiante, é como querer viver e não conseguir alcançar a vida, é como perceber que a vida vai se esvaindo de mim sem que eu possa segurá-la, afogar-se... Mas se eu estiver submersa com o nariz fora d'água aí é outra dor que surge, a dor de respirar quando talvez o melhor seria não fazê-lo. Quando a vida nos submerge e apenas deixa o sofrimento te dizer: não morra, apenas sofra! Então nesse caso que eu possa brincar de inverter a posição da imagem que faço da situação, talvez haja esperança! Sempre há! Porque se estou sem ar e está doendo, significa que estou viva! Se estou viva embora não esteja vivendo, ainda sim, significa que não estou morta! Que eu viva sempre, seja com o nariz para baixo ou para cima.

Existe a dor que gera marcas profundas e toda vez que você resolve se olhar no espelho para se ver... lá estão elas, te olhando e dizendo: SOU VOCÊ! Onde está o corretivo? Onde está o cirurgião plástico? Onde se apaga? Como se apaga marcas que estão na alma e conseguem se materializar diante de mim? NÃO SE APAGA! Se desenha, se transforma em pintura, em tatuagem, em figuras, em imagens, mas não se apaga! Faço das minhas marcas mapas que sinali-

Sabadísses - Anotações

zam novos caminhos para mim, por isso ouço dores, por isso vejo dores, por isso toco nelas. Elas se propagam umas dentro das outras até chegarem no mais distante, fractais. Elas passam dizendo: somos iguais, temos as mesmas dores de maneiras diferentes. Por isso somos todos responsáveis uns pelos outros!

Sem fé são tantos ais,
são tantas marcas,
são tantas dores.
Não se encontre para fazer doer sem fazer crer.
Não se encontre para fazer nascer sem fazer crescer.
Não se encontre para marcar sem desenhar!
Hoje vou calar as dores.
Vou calar os desconfortos.

De ais...jamais!

Sabadísses - Anotações

Sábado. Uma taça de Champagne. O CD que toca a mesma música. Um pote de Nutella na geladeira. O bom e velho sorvete de flocos. O telefone ao alcance da mão. Um número decorado na cabeça. O desejo no corpo. E uma aflição no coração. Meninas, é aí que mora o perigo!

Fernanda Mello

Sábados de Junho

1. SÓ PODE VOAR QUEM ENTENDE DE TEMPESTADE

Aprendi com as tempestades muita coisa. Porém, boa parte do aprendizado aconteceu quando pude sentar e olhar a beleza dos movimentos.

O desafio é achar o ponto de apoio, o banco, o canto, onde podemos estar firmados e nos sentir distantes o suficiente, para perceber a beleza e as possibilidades das mudanças.

A vida que emerge do caos. As cores que se misturam gerando nuances das mais variadas.

Sentar e contemplar as mudanças necessita de calma, necessita de alma. E a calma advém de um ponto de apoio. Não de segurança, pois segurança em meio a tempestades é algo muito complicado e utópico.

Tenho vários pontos de apoio que surgem nesses momentos. Desde os mais metafísicos aos mais concretos. Desde os mais próximos aos mais inesperados. Porém, o interessante é o que sempre faz a diferença nas grandes movimentações... são os pequenos detalhes.

Mudanças nos remetem à metamorfose, e enquanto mulher, gosto dessa história de transformar lagarta em borboleta. Gosto do belo! Não tenho nada contra as lagartas, a não ser o fato delas nos queimarem. Mas enfim, gosto de borboletas, de asas, de voo, de leveza.

Sabadísses - Anotações

Estou num momento como esse, vestida de borboleta, de luto, mas de borboleta. Olho para as asas que brotam onde antes havia pesos e gosto do que vejo. Às vezes sinto que ainda está tudo de uma só cor. Sem muitas possibilidades. Mas, acredito que o fato de que as cores variadas não façam parte de minhas asas, não significa que elas não existam. Elas existem, meu gosto existe, gosto de azul, assim como gosto de sábados.

Asas azuis,
cor do céu,
fina como um véu,
assim como a incerteza do amanhã.

Amanhã eu faço hoje,
Porque ontem me apoiei durante a tempestade;
Meu apoio me deu visão,
Me deu a mão,
E as mudanças brotaram
E brotarão!

Vou gerar borboletas,
Vou acolher borboletas,
Mas também vou soltar borboletas.

Se eu aprender a cuidar de borboletas,
Ajudarei uma lagarta a voar!

Sabadísses - Anotações

---

2. HOMENAGEM AO VAZIO

As chuvas nunca vêm sozinhas. Nem os desafios vêm desacompanhados!

Se existe uma coisa que aprendi bem pequena, devido às circunstâncias da minha adolescência e juventude, foi me virar sozinha. E sempre conseguia! Pelo menos achava que sim.

Na verdade, hoje entendo que nunca me virei sozinha, porque na minha solidão eu me tornei uma especialista em fazer amigos que me tirassem daquele vácuo!

Sim, digo vácuo, porque acho que deve se chamar assim a solidão que existe dentro de nós e que é preenchido periodicamente por alguma substância que atravessa nosso caminho. Vazio é diferente, este uma vez preenchido toma forma daquilo que o preenche. Se eu tenho um vazio e alguém o enche de amor, esse vazio toma a forma do amor!

Mas um vácuo é uma espécie de espaço vazio mutante, instável, sem forma, e sem interesse por preenchimento. Ele serve sempre para que alguma substância pegue carona nele e depois saia. Pois é, tenho um vácuo no meu coração!

Sabadísses - Anotações

E não venham os espiritualistas dizerem que "*A Divindade o preenche*", até porque se existe uma coisa que valorizo e exercito constantemente é a mística.

Acredito às vezes que esse vácuo que me machuca, e que não se deixa preencher é o que me fornece a força propulsora de me aproximar das pessoas. Porque hoje eu sei, e como sei, que eu preciso e sou totalmente interdependente de cada ser, orgânico e inorgânico, que atravessa ou não o meu caminho: família, amigos, inimigos, conhecidos, desconhecidos, paisagens, pedras, entre outros!

Ora, se as alegrias não vêm sozinhas! Se as dificuldades não vêm sozinhas! Se o caminho não é trilhado sozinho! Se a verdade não é alcançada sozinha! Se a vida não surge, nem se mantém sozinha! Se o sábado não é um dia sozinho!

Quero, por acaso, ter a ousadia de afirmar que posso encontrar as minhas saídas sozinha?

Posso eu ter a pretensão de dizer que posso eu me reerguer sozinha?

Devo eu ter a arrogância de pensar que posso eu recomeçar sozinha?

NÃO! ISSO SERIA UM VÁCUO VAZIO!

Por isso, agradeço aos meus vazios, que foram preenchidos ou não, porque eles são o espaço caótico que se torna o berço do novo nascimento que gera estabilidade!

Sabadísses - Anotações

E sou compreensiva com os meus vácuos, porque são eles que me proporcionam as pessoas, situações e momentos transitórios que são necessários para permitir o preenchimento dos meus vazios!

Nada existe sozinho! Nem a própria solidão é só! Todo sábado precisa de uma sexta que o anuncie e de um domingo que o limite.

Sabadísses - Anotações

3. FELICIDADE DA MINHA FELICIDADE!

Minha filha passou o último mês se entregando a uma de suas atividades mais prazerosas do ano: ensaio da quadrilha junina do colégio. Todo ano se entrega a esse projeto de forma intensa e profissional... ensaia, ensaia, ensaia. Sua, transpira, decora música, se emociona, faz calo e bolhas nos pés, fica ansiosa, fica nervosa, fica feliz — quem disse que a felicidade é calma, estagnada ou preguiçosa? Quem disse que a felicidade é cheia de facilidades? Quem disse e convencionou o que seria felicidade?

Sabemos que a felicidade de cada pessoa é singular e individual, mas descobri uma verdade esse último mês assistindo tudo em volta de mim. A FELICIDADE PRECISA SER MUITO ENSAIADA! Até porque é possível que ela passe por nós e nem percebamos que ela passou, que ela estava, que ela é! É possível também que nós possamos estar vivendo um estado de letargia e preguiça vivencial de tal forma que "pensemos" que somos felizes. Mas se você fica feliz com o autoengano, permaneça nele, cada qual com seu cada qual...

MAS OUSO SUGERIR QUE ENSAIEMOS PARA APRENDER O PASSO DELA!

Sabadísses - Anotações

ELA NÃO DANÇA SOZINHA... NUNCA. A felicidade deveria ser palavra composta, e é: feliz cidade, coletividade, pluralidade. No ensaio com o outro se descobre que há necessidade de ritmos, de harmonia, de olhares, de inclinações, de sincronia, de cumplicidade, de amparo, de cuidado, de abraço, de afago, de verdade — mesmo nos momentos alegóricos da vida, precisa-se de plateia, de aplauso, de aceitação, de ser livre para ser junto, de se jogar para baixo para depois se ter o prazer de ser reerguida... A DANÇA DA VIDA TEM UM PASSO DE ENSAIO ETERNO!

Essa besteirada que andam aí falando, que eu me basto, que eu e só eu sou responsável por mim, que tenho que me preocupar só com a minha plenitude e com a cor que prefiro, ou ainda que não entre no meu território porque não vou deixar você chegar perto para não estragar, tudo isso é uma "balela" das grandes...

SOU FELICIDADE DEVIDO À PROXIMIDADE! PRECISO DE SUA MÃO NA MINHA VIDA PARA COLORIR OS ESPAÇOS VAZIOS DOS MEUS SONHOS!

Bendita mão que preenche os traços, que colore os espaços, que visualiza com uma distância suficiente o que eu mesma não posso ver por estar tão mergulhada em mim.

AHHH, FELICIDADE, SE NÃO FOSSE A DISTÂNCIA QUE APROXIMA, O QUE SERIA DO TEU ROSTO SEM COR?

Sabadísses - Anotações

Vem VIDA, vem delicadamente com o teu jeito moroso de se desenhar, vem e realça minha beleza traçada desde a eternidade. Completa teu propósito de me enfeitar de feliz, de sorrisos, de cantos de bocas repuxados pelo prazer de uma demora onde se antevê um resultado perfeito, mesmo que transitório!

FELICIDADE É COMO UMA PINTURA QUE REFLETE NO FUNDO DA ALMA A ILUSÃO DA PERFEIÇÃO DO IMAGINÁRIO!

Felicidade precisa de moldura como toda boa pintura, enquadra-se na tentativa de dar uma forma respeitando as próprias formas e estruturas pessoais, mas se enquadra.

PORQUE FELICIDADE É COMO CABELO REBELDE, FICA A TODA HORA TENTANDO ESCAPAR DE SUA RAIZ!

Aí puxa, enrola, fixa, prende, eleva, mas não te inquietes, ela não vai embora, pelo simples fato de que:

A FELICIDADE MORA DENTRO DE TI, ESTÁ PRESA EM TUA CABEÇA, É TOTALMENTE TUA!

Às vezes ela fica desalinhada, mas está lá, às vezes ela fica modificada, cortada, repicada, colorida, diferenciada, em cada tempo ela se apresenta diferente, mas é sempre a mesma em sua essência.

Sabadísses - Anotações

É TUA! TE VESTE DE FELICIDADE PORQUE TU ÉS A FELICIDADE!

Te enfeitas de felicidade como se isso fosse apenas um momento.

E é!

Mas filha minha, prestas atenção que o encanto está em teus olhos, que são os espelhos de tua alma.

A beleza está em teu coração, na tua entrega, no teu esforço, nas vezes que choraste a cantar a música emocionante da alegria!

A feliz é você... a cidade são os muitos e os poucos que passaram, passam e irão passar em tua vida linda!

Então sacode tuas saias e dança a tua dança em dia de sábado, sabendo que nunca dançarás sozinha, nunca, porque Ele, teu Deus, estará sempre contigo, e te expressará isso através das felicidades que estarão no mesmo show com você. Existe uma plateia que te vê dançar a tua dança, ela aplaude, ela vaia, ela gosta, desgosta, mas está lá, te vendo. Receberás pisões, empurrões, suores, apertos, mas também abraços, amparos, sorrisos.

Obrigada por você, minha filha.
Você, meu amigo, minha amiga.
Meu próximo. Meu distante.
Meu igual, meu diferente.
Obrigada por você ser: a felicidade da minha felicidade!

Sabadísses - Anotações

4. ANDAR COM PÉS NO CHÃO!

Gosto de andar com pés no chão, sentir o chão sob meus pés, tocar o solo.

É quase como lembrar de onde vim e para onde retornarei.

É recordar minha raiz paterna, minha história fraterna.

Gosto de voar com os pés no chão.

Gosto de orar com o jornal na mão.

Gosto de sonhar deitada na realidade do meu colchão!

Andando eu flutuo pensando: "*Existe o que anseio, o que aspiro, o que sonho, e o que corro atrás*".

Às vezes o anseio se materializa antes do sonhar, isso é raro.

Em outras o que aspiro se apresenta e diz: "*Me chamou?*", isso é hilário.

Por vezes o que sonho se despede transformando-se em realidade bem na minha frente, isso às vezes é caro.

E por fim o que corro atrás eu alcanço, isso não é sorte de baralho.

E em alguns casos, de tanto correr atrás, penso estar em uma esteira ergométrica, nada estratégica.

Sabadísses - Anotações

Mas meu receio maior é que aquilo que corro atrás, um dia corra atrás de mim, isso seria o fim!!!!

Massa mesmo, quando ando com o pé no chão, ouço a sua voz arrogante, do chão, que me diz: "*Em mim que você se equilibra, pousa seus ideais, avalia seus planos e refaz seu cotidiano*".

O chão olha para as nuvens e brinca de ver desenhos, mas o projeto concreto vem do pensar vinculado ao afeto. Isso é certo!!!

Mas tem o mais incrível: quando a vida te encontra em meio à caminhada, em pleno sábado, meio avoada e te presenteia com uma realidade mal-educada.

Essa realidade te afronta e diz: "*você não sonhou, nem buscou, nem correu atrás, nem ansiou, nem aspirou, simplesmente porque você não sabia o que realmente a tua vida queria*".

E a vida te entrega o que não sabias que te traria tanta alegria!!!!

Isso não é banal, é radical!!!!

POR ISSO EU CONTINUO COM O PÉ NO CHÃO, CALÇADA DE VIDA E RAZÃO, OLHANDO PARA A REALIDADE DOS DESENHOS DO CORAÇÃO!

Sabadísses - Anotações

Hoje é sábado, amanhã é domingo
Amanhã não gosta de ver ninguém bem
Hoje é que é o dia do presente
O dia é sábado.

Vinicius de Moraes

Sábados de Julho

1. GOSTAR TEM PORQUÊS!

O que faço no dia de Sábado tem porquês!

Gosto de guardar sonhos em caixinhas de louça.

Para cada tipo de sonho, uma caixinha diferente.

E assim eles vão saindo imaginariamente das caixinhas, passam pela minha mente, transformam-se em preces, diluem-se no esquecimento e pousam de volta na realidade, se concretizam...

Nesse momento eles vão para uma caixinha maior chamada de caixinha de pérolas, lá se corporificam em gratidão a Deus.

Também tenho prazer de escrever em cadernos, com a grafia manual da tinta e do papel...

Nesse tipo de registro eu coloco todas as impressões de caminhos que sigo e que seguirei, funciona como um GPS da vida.

Vejo quanto já andei, por onde andei e onde seria prudente andar — ou imprudente.

Às vezes isso não altera em nada minhas escolhas, mas pelo menos serei prudente ou imprudente de forma consciente, isso já é um avanço.

Neles eu escrevo, coloco cores, colagens, versos, músicas, sonhos dormidos, acontecimentos, textos espirituais, falas transcendentais, conversas terrenais e por vezes imorais...

Sabadísses - Anotações

Tudo que ao meu ver possa ter valor de registro, valor de ser ou não ser, valor pessoal ou coletivo, nada precisa ser absoluto no conjunto de pensamentos relativos.

Quantos tenho?????

Inúmeros. Tem ano que eu o faço, tem ano que não, tem ano que até dois cadernos são feitos... tem ano que não passa...

Tenho uma caixa de cartas, de cartões, de lembretes... de coisinhas que recebo.

Nelas eu vejo como me veem.

Às vezes acho essa imagem que os outros têm de mim tão distante da realidade!!!!

Mas tem momentos que tomo emprestado para melhorar, para alcançar ou apenas para acreditar que sou melhor do que sou. Tem momentos que preciso ser visionária em relação a quem desejo ser, me faz bem, me faz ir além!

Gosto de caminhar na praia...

Tenho o privilégio de morar perto do mar e sempre que posso vou caminhar na praia, sentir os pés na areia molhada, sentir o vento nos cabelos, olhar o horizonte sem fim e real ao mesmo tempo.

Traz uma mistura de corporeidade com espiritualidade muito excelente, de físico e imaterial. Vivo a integralidade do ser.

Dou um mergulho e me sinto inteira, pronta para viver!

Sabadísses - Anotações

E amo viajar, sair, desencouraçar, deixar nascer, desfazer conceitos, verdades, refazer histórias e vivências... descobrir, criar, amar!

A estrada, o céu ou o mar é a passarela das descobertas!

Tudo isso é para dizer a você que gosto de você que está me lendo porque você está me proporcionando tirar da caixinha de sonhos um papel que foi pousar no seio da gratidão. Sua presença foi registrada nas linhas da vida, junto das memórias do caderno em que você está escrito, mesmo sem nome. Você: o horizonte dos meus escritos. Cooperando com o eternizar da minha caminhada na viagem mais visionária que empreendo: a vida registrada e lida!

Sabadísses - Anotações

2. SEGURA TUA ONDA!

Um dia de sábado de um mês qualquer, ouvi algo de uma pessoa que passou pela minha vida, em um dia qualquer, numa fase qualquer.

Ouvi dessa pessoa uma frase que também podia ser algo 'qualquer', mas não foi.

Essa frase ficou e frutificou. Foi jogada diante de mim de forma aleatória: SEGURA TUA ONDA!

Fiquei pensando nisso vários dias, semanas, meses, vários sábados pela frente. E cheguei a uma conclusão. Que verdade legal de ser trabalhada!

Tem Onda que é TUA criatura!!

Ela veio para você, as consequências são tuas, o tempo é teu, quem viveu foi você, as dores são tuas, e as 'noias' também.

Então esse tipo de onda, você pode até me contar como foi, o que aconteceu, o tamanho da onda, a cor dela, se ela te derrubou ou não, se você levantou ou não, conta, pode contar tudo que escuto.

Mas não vem me colocar na TUA onda, porque ela não é minha.

Sabadísses - Anotações

Não salpica teus respingos que só cabem no teu balde, e que só tem significado para tua prancha!

SEGURA TUA ONDA, 'MERMÃO'!

Tem Onda que é MINHA criatura!!!

Ela veio de encomenda para mim.

Só eu aguento, só eu entendo, só eu consigo amar, só eu sei administrar, e só eu sei desenvolver.

Recebi uma prancha adequada para tal, por meio da Vida.

E se você quiser de alguma forma saber pegar ondas do 'meu tipo', vai ter que viver o que vivi e vivo. TOPA??? AGUENTA????

A última pessoa que disse que queria, quase emborca!

E não é porque eu sou 'mais forte', é apenas porque A VIDA prepara cada um para o seu cada qual.

POR ISSO, A ONDA É MINHA, NA MORAL!!!

Tem Onda que é NOSSA criatura!!!

Ela vem larga para caber uns três, uns quatro, uns trinta, uns cem, tem onda que cabe até uma cidade, um país inteiro!

É a onda do povão, do cidadão, da emoção, do empurrão, do suorzão, da responsabilização, da emancipação, da democratização, e todos os ‹ÃOS› que são do bem. Também é a onda do amorzinho, do carinho, do vizinho, de todos os ' INHOS' legalzinhos.

Sabadísses - Anotações

É a onda do respeito, do direito, do bem feito, do amigo do peito!

POR ISSO, A ONDA É NOSSA, NÃO ALVOROÇA!

Agora vou saindo, porque hoje é sábado e minha onda me espera, quem sabe um dia a gente se encontre nesse oceano da VIDA e ficamos lá com nossas pranchas, lado a lado, vendo o pôr do sol, aguardando a NOSSA onda, surfar bem juntinhos, e depois cair na areia a rir de tanta asneira!

Sabadísses - Anotações

---

3. TOQUE!

Nada é mais forte que o toque!

Este se sobrepõe ao som, aos movimentos vulcânicos.

O artista coloca a tinta na tela, forma a imagem, dá cores e tonalidades, expressa a emoção, mas nada é tão forte, quando no processo de conclusão da obra, ele olha todo o trabalho, e com o olhar apurado, delicado, minucioso, verifica locais que precisam apenas de um toque do pincel... é como a pupila dos olhos, é como o pelo em erupção na pele, é como o suspiro nas narinas, e como o aperto do coração. O toque é a pitada de tempero que faz a diferença, é onde o banal se torna um tesouro real!

Fala-se muito em "ter pegada", e isso é bom, é radical, mas pode ser ensaiado, planejado, imitado, falsiado!

Entretanto, o toque amoroso, cuidadoso, sussurrante, delirante, não traz engano, diz a verdade, fala o inexprimível, vai além do gemido inaudível!

Foi com um toque que certo dia de sábado, enquanto eu chorava, meu filho tocou-me no ombro, olhou em meu rosto, e com um toque enxugou uma lágrima. Ele não fala,

Sabadísses - Anotações

não sabe vocalizar suas necessidades, nem suas emoções, mas com apenas seu toque comunicou seu afeto como nenhum discurso elocubrado poderia alcançar, dizem que ele é "deficiente", pode até ser, mas o seu amar não mente!

Ultimamente a vida tem me fornecido alguns toques. Percebi que eu deixei os "tocs" morrerem. Abandonei um círculo vicioso embriagante, girando em torno de situações alienantes, com medo de sair do conforto das coisas como sempre foram... o toque da vida é cheia de desaforo: *Sai dessa, não se ilude com a mesmice que isso é criancice!!!!*

Tem vaqueiro que tange a boiada com chicote e com açoite. Mas tem vaqueiro que toca a boiada com "aboio" cantado, entoado, iluminado, de tal forma que o gado segue o vaqueiro apenas pela melodia, e dos olhos da vacaria — quem diria — as lágrimas brotam de emoção ao seguir o toque tocado da canção!

Mas o toque que mais me ilumina no momento,
Vem do amor que toca minha alma,
Meu ser,
Meu viver,
Meu saber...
O amor toca-me tão certeiro,
Que fico sem saber
Se vivo ou vou morrer!

Sabadísses - Anotações

4. AMAR, HUUMMM!!!

Muitas tentativas para definir o AMOR já foram realizadas.

Eu mesma já tentei essa façanha sem êxito.

Os religiosos citam os escritos dizendo que o Amor é Deus, mas como ninguém consegue definir totalmente Deus...

porque se assim conseguisse ele deixaria de ser Deus, então ficamos a ter visões e visagens do amor.

Na verdade, penso — e quando penso nem sempre acerto — que este é um esforço bobo e que desvia a gente do prazer maior de viver o amor.

Enquanto tento definir não consigo viver, porque aprisiono aquilo que é imensurável em um conceito definido e limitado.

E assim o que passar da definição construída deixa de ser o "amor verdadeiro" que acredito ser. É muita "noia", assim não dá tempo para viver.

Estou escrevendo sobre isto porque em pleno sábado, ao estudar sobre afetos e vínculos em minhas atividades de trabalho, a reflexão me veio à tona.

Percebi a tentativa genuína dos autores de dar nome ao que não pode ter nome, comecei a rir de tanta definição escabrosa e rebuscada.

Sabadísses - Anotações

Definições que não conseguiram contemplar minha cognição com uma gota sequer de amor. Irônico para não dizer hilário.

Como costumo dizer: "Que derrota!"

O nome do amor é o nome "dele" ou "dela", o nome do amor é o "seu" nome!

O nome do amor não pode ser ouvido, nem lido, ele é definido na presença do sentimento e até na ausência deste... porque ele vai além dos sentidos e das percepções físicas.

Como defini-lo? Não sei...

Embora já tenha me percebido tentando fazê-lo nas recentes sentenças.

E para não cair nessa tentação ignorante de novamente tentar defini-lo, vou sair agora dessa escrita e vou somente amar...

Amar pensando, amar sonhando, amar vivendo, amar se dando...

Amar sem pensar, amar fazendo, morrer de amar, amar recebendo...

Amar sentindo,
Amar decidindo,
Amar amando!

Então a todos os amigos eu desejo neste sábado muito amor,
Ao meu amor desejo eu,
E a mim...
Decido amar, apesar de mim!

Sabadísses - Anotações

Sábado é sempre sábado, igual em Paris, Porto Alegre ou Cingapura. Sempre no ar aquela expectativa — pizza, cinema ou beijo, não importa — de uma gota de mel para o domingo.

Caio Fernando Abreu

Sábados de Agosto

1. MULHER DE FASES I

Sou uma mulher de fases. Não de fases superficiais, hormonais ou habituais.

Gosto de identificar as fases que estou passando na vida porque tenho um defeito, ou uma virtude — ainda não sei ao certo — de querer entender o que estou passando apenas para aprender mais um pouco com isso.

Aprender para quê, não é? Principalmente em dia de sábado. Pois é!... Acho que é para ver se acerto mais em outra circunstância similar (o que às vezes é pura pretensão idiota); ou quem sabe é para arrotar sabedoria diante dos outros e ter sempre o que dizer sobre assuntos mencionados, ou ainda é por pura curiosidade, sei lá, só sei que gosto de entender os momentos e fases da minha vida. Mas pode ser apenas porque sinto um prazer enorme em ver alguém crescendo, se formando, se realizando. Aí nesse caso, entender sobre mim mesma, me proporciona um prazer dobrado: Me ver crescer.

Há pouco tempo estava em uma fase bem egoísta e feliz! Eu a chamei de "EU E EU". Muito bom mesmo. Para onde eu olhava, lá estava eu! Eu no espelho, eu no trabalho, eu em casa, eu na família, eu na espiritualidade porque o "Senhor é MEU pastor e nada ME faltará!". Putz, que coisa

Sabadísses - Anotações

boa essa fase de se ver. De se notar. De se perceber gente e não coisa. Meu rosto e meus desejos estavam minuciosamente detalhados em minhas reflexões e pensamentos. Sistematicamente enunciados. Tipos, cores, formas, gostos, querências, texturas, tempos, quantidades, qualidades, espécies, etc. Tudo criteriosamente expresso e desabafado. Tudo cuidadosamente desenhado e colorido, inclusive tive até a ousadia de enfeitar com brilhos, flores e cheiros os enunciados. Mas como já falei: sou uma mulher de fases! Essa fase do "EU E EU" foi esplendidamente concluída. E como tudo que é concluído, precisamos avaliar.

Mas uma vez pergunto: Para quê? Devia ter deixado sem essa infeliz avaliação. Pois é! "EU E EU" já colocamos tantas vezes o "pé na jaca" que não gosto de sentir o cheiro de jaca nem de longe. "EU E EU" é uma dupla hilária e grotesca às vezes. Hilária por se tornar engraçado a pretensão de ser autossuficiente. Grotesca porque uma Rose ainda vai, mas duas, ninguém merece, nem eu mesma. É muita redundância! Acho que tudo que é muito igual vira tédio.

Mas foi bom. Me cuidar. Me ver. Me sentir. Me amar. E me aproximar de mim mesma, entendendo que posso ser mais amiga minha do que sou, mas que também preciso me distanciar de mim mesma com uma distância salutar para que eu possa me ver em ângulos novos e diferentes. Há tempo de se aproximar e tempo de se afastar de si mesma!

Minha avaliação, desculpem, é MINHA, coisas de Rose, coisas de Rosas, não quero ferir ninguém com meus espinhos, nem minhas próprias pétalas. Mas com certeza, em cada

Sabadísses - Anotações

pétala há uma vida nascendo, porque nada que começa por dentro fica interiorizado, mas se espalha em aroma, em frutos e flores.

Até a próxima fase!

Sabadísses - Anotações

2. MULHER DE FASES II

Uma fase é um ciclo, e como todo ciclo, antes que ele esteja totalmente finalizado, outro ciclo se inicia. Porque eles não se processam como a virada de um cubo, mas têm movimento circular e a transição é não-linear. É a vida girando! É uma fase sendo concluída enquanto outra é germinada!

Minha fase "EU E EU", como expressei no texto anterior está concluída. Isso significa que outra já desponta no horizonte se evidenciado nesse movimento vital.

Posso chamá-la de "EU E DEUS": É a minha relação com a transcendência, com o eterno, com a divindade, seja qual for o nome que você prefira chamar Aquele que nossa compreensão não alcança totalmente.

Minha relação com Ele é diferenciada. Tem fases em que eu me achego, tem fases em que eu me afasto. Mas Ele sempre está, porque Ele sempre É. Ele não tem fases! Que maravilha!!! Recebi um email de um amigo onde ele dizia que só tinha uma fase na vida, pensei... ou ele é muito "pobre de fases" ou ele é Deus.

Sabadísses - Anotações

Enfim, "EU E DEUS" é uma fase de introspecção onde eu me vejo totalmente curvada e rendida diante de um ser que acredito SER MAIS, SER MELHOR, SER O QUE É! Minhas forças sinalizam uma outra força chegando para me dizer: "...esforça-te, porque quero que o SIM que estou te oferecendo, encontre-se com o seu SIM a você mesma!"

Não preciso me isolar, ao contrário, estou saindo do "ME encontrar", para o "SE encontrar COM!" Está confuso?!? Vou tentar exemplificar: dentro de mim, ao tentar me achar, encontro Aquele que mora em mim e mora em ti! Nessa fase do "EU E DEUS" Ele nunca me deixa a sós com Ele mesmo. Porque Ele é muito grande, é muito amor, é muita doação, é muita plenitude, para não incluir, para não somar, para não se entregar e entregar o outro "por amor de".

Uma fase espetacular, que sei, que por Eu ser uma mulher de fases vai passar! Assim como o Sábado vai e volta. Mas mesmo que a fase passe, Ele fica.

Porque quem fez o jardim enviou o jardineiro para que as rosas possam viver, apesar das estações!

Sabadísses - Anotações

3. O MELHOR DE MIM

Me conhecer é tarefa arriscada porque envolve coragem de olhar para mim mesma,

Me ver como sou e não como fui ou serei,

Me ver sem minhas máscaras que tão ingenuamente me protegem.

Me ver sem o reflexo do outro que traz sombras que me justificam,

Me ver assumidamente, generosamente, amorosamente.

Me conhecer não significa autocrítica,

Não significa acolher em meu coração apenas os negativos da minha imagem.

Me olhar envolve principalmente a coragem generosa do encontro com a minha imagem revelada, luminosa, o melhor de mim.

Por vezes, não quero ver o que há de melhor porque isso me traz responsabilidades.

O olhar negativo me lança na inconsequência, na superficialidade, no improdutivo.

O olhar positivo me chama ao compromisso amoroso, ao mergulho, a entrega, ao ato de deixar gerar e gerar deixando.

Sabadísses - Anotações

Quero me ver e recolher o que há de melhor em mim;

Quero usar a minha vontade para recolher o melhor que deixei muitas vezes pela borda do caminho;

Quero fazer do melhor a argamassa, a matéria, a inspiração, a motivação de reformar o que precisa ser reformado em mim.

Quero como Rosa que sou: que meus espinhos sejam as agulhas que tecem minhas pétalas.

Quero em dia de Sábado, ver o melhor!

Sabadísses - Anotações

4. UMA PESSOA INTEIRA!

Aprendi que pessoas precisam ter caráter. Que as pessoas necessitam ser boas.

Mas no caminho da minha vida, várias situações me levaram a questionar as definições do senso comum de Caráter e de Bondade.

Entendi que em determinados momentos não era tão boazinha e nem tinha tanto "caráter" como a sociedade o define. Também vi que com as outras pessoas não era diferente.

Então um dia, vendo um filme sobre a vida de *Dorothy Day* - jornalista e ativista social americana — aprendi que em todo ser humano há luz. Não importa em que tipo de momento existencial ou situacional ele esteja!

E aí, devido ao meu trabalho, e também devido a mim mesma, tenho me perguntado: o que é uma pessoa inteira?

A capacidade de ver luz no outro, no diferente, não é tão fácil de ser vivenciada. Entendi que para esse exercício seria preciso enfrentar alguns períodos de trevas.

No escuro se aprende a ver o delicado feixe de luz, por menor que ele seja.

Sabadísses - Anotações

Enfrentando as minhas escuridões, minhas trevas pessoais, desenvolvi a sensibilidade de perceber a luz fugidia, frágil, delicada. E também de saber o grande valor de um pequeno feixe de luz na escuridão, ela vale mais que grandes holofotes que se acendem na claridade.

Depois, também devido ao trabalho, convivi com grupos de pessoas que a sociedade conceituava de "infratores".

Com eles aprendi que infração é na verdade o preconceito que hostiliza, que estigmatiza, que mede, que pesa, que separa, que rotula, que condena e que, em nome de seu conforto e de seu *status quo*, resolve tampar dentro da garrafa mágica as pessoas que não se conformam com o seu sonho, ou com o seu plano de vida e de consumo. Claro, mais vale meus bens que uma vida! Senso comum... senso nenhum!

Não sou luz, não sou trevas. Não tenho conceitos próprios, nem tenho rótulos. Não tenho definições pessoais, nem sou totalmente indefinida. Não sei usar o termostato, nem o termômetro, sou inapta. Minha semana não é composta só de sábados. Não sou pedaços! Sou totalmente uma pessoa onde há movimento até na quietude, porque estar quieta é trabalho pesado! Sou inteiramente nada e participativamente tudo! Então vejo assim como sou, embora isso não me garanta que "assim seja"!

Quero sim ver o outro como uma pessoa inteira, sem esquartejá-la para que ela seja como eu almejo.

Sabadísses - Anotações

Gente não é pedaço de bolo que eu escolho a parte onde está o morango... porque o morango pode ser apenas "enfeite" e enfeite não traz deleite.

Que a miopia seja a minha possibilidade do foco.

E que a ausência da luz seja para mim a clareza da confiança!

Que eu queira ser inteira, para que esteja inteiramente com o outro... inteiro!

Sabadísses - Anotações

Lembra-te do dia de sábado para o santificar.
Êxodo 20:8

Deus

Sábados de Setembro

1. MEU OLHAR

O dia de sábado é um dia bom para olhar o que nunca olhamos!

Meu olhar não olha, ele sente, cheira, saboreia e abraça. Meu olhar não mente, expressa veemente, que coisa inconveniente!!!!! Mas é assim. A coisa é tão estranha que quando uso óculos escuro, não ouço quase nada, e não sou surda!! Apenas sou visual! O que não é muito usual.

Meu olhar, além de ser óbvio, é também obscuro. Principalmente se duas marcas verticais se pronunciam entre as sobrancelhas. Isso pode significar uma variação de considerações, quase um dialeto formado pela preguiça de enunciar palavras que não podem ser ditas nem desditas, e muito menos compreendidas.

Quando meu olhar interroga, na verdade ele advoga. Advoga nem a mim, nem ao objeto do olhar, apenas advoga a si mesmo: o próprio olhar!

— O que vês, criatura indiscreta, irrequieta, simplória e descomplexa? O que vês não é o que vês, criatura obscura, inculta e limitada, que se aprofundando tanto e se acha empoderada. O que vês é um pedaço. E pedaços não se colam com um olhar, pedaços se unem quando o olho se fecha e a alma contempla, adentra, e não inventa!

Sabadísses - Anotações

Quando meu olhar se une ao mar lá no longínquo horizonte, ele não vê ondas, mas elas estão lá, misturadas na infinitude. Mas quando eu o vejo de perto (o mar), vejo-as (as ondas), e percebo que nelas eu posso brincar, me molhar, me salgar, me bronzear, me unir e me insultar por dentro da onda faceira e certeira. Entro no mar com o impulso que anela a praia chegar, e de lá o meu olhar vai me dizer se é onda ou se é mar. Se é longe ou se é perto onde alcança o meu olhar.

Meu olhar, meu amigo e meu opositor.
Meu cuidado e meu desvalor.
Minha certeza e meu engano.
Um tormento e meu encanto.

Meu olhar, não é só meu... é apenas uma janela que minha alma abriu para poder me ver por dentro dela, é apenas um jeito que meu corpo viu de se misturar com o teu olhar.

Um olhar para te notar!

Sabadísses - Anotações

---

2. SEM NEXO!

Hoje é sábado e passei o dia na cozinha. Nada mais cotidiano que isso, é impossível.

Uma cozinha é banal e estigmatizante, mas o carinho que nela está embutido é raro... e caro.

Enquanto sozinha entre aromas e sabores fui pensando na vida.

Que vida???

Pensei nos enganos, nos acertos.

Nos malfeitos e no "bem feito!".

Me recusei a pensar nos "porquês", nas esperas, no talvez.

Pensei na comida e nos seus ingredientes diferentes, com propósitos desiguais, intenções perecíveis e fomes eternais.

Há em um alimento investimento demais.

O pior é que não se valoriza o valor de uma ação diária...

Nem se questiona o "não prazer" do amor ao fazer...

Cataloga simplesmente o que tem de ser feito pelo fazer da maioria, que bela ironia...

Nem se cogita o aspecto singular da necessidade do momento, e é nesse aspecto particular que o valor se potencializa de um para duzentos.

Sabadísses - Anotações

É muito feijão com arroz fantasiado de frutos do mar, e muito alho queimado parecido com caviar.

Nada se compara ao prato do dia a dia, feito e comido com a presença dos afetos, pois a vida sem sentido nem é vida, nem é feto, nem é casa, nem é teto!

O que antes eu não fiz, foi porque não quis.
O que antes eu não quis, foi porque não percebi.

O que agora eu pretendo???? Nem sei, nem me arrependo...

Tá achando sem nexo?
É porque você só lê,
Não viveu, não sentiu,
Não doeu, não sorriu,
Não curtiu, nem excluiu...
Apenas fugiu!

Só a mim cabe o nexo pelo direito e pelo avesso,
Só eu sei o sentido do côncavo e do convexo,
Só eu comi o doce, o amargo, o insosso e o aguado.
Só eu sei a fome que dói no estômago esburacado!

Sabadísses - Anotações

3. VOCÊ VIVE SEM CAFÉ????

Tomar café é mais que tomar café.

É saber parar um pouco no redemoinho da vida!

Dar uma paradinha para um café é se perceber gente.

Gente que precisa parar, pensar, degustar, saborear... viver!

Por isso, concordo plenamente com um dito popular que diz: *Gente que vive sem 'tomar café' é um perigo.*

Não para, não pensa, não decide, não divaga, não sonha, não se percebe, não se encontra.

Sabe, quando o dia "tá que tá" apertado?

Hoje, mesmo sendo sábado, está desse jeito: digita, liga, passa *e-mail*, responde *e-mail*, agenda, marca, desencontra, encontra, fala com um, fala com outro, não fala com quem se quer falar, fecha um negócio, cancela outro... loucura, loucura, loucura... e no meio disso tudo a gente diz:

— Vou parar para um cafezinho.

Sento na mesa da cozinha, uma filha faz café, chega outra filha para acompanhar, depois o outro filho, aí vem o marido, e quando se vê, há um encontro ao redor do café. Bendito ritual. E a mesa fica quente de gente. Aí a gente

Sabadísses - Anotações

conversa, confessa, ri, chora, bendiz e maldiz. Se percebe santa e louca. Santa pela convivência e louca por 'mais café'!

Sim, porque tem outras formas de 'tomar café'.

A gente trabalha, trabalha, trabalha e para. E lá se vai um encontro em torno do café, seja a dois, seja a sós, seja em sonho, em imagens, em saudades. O café traz de volta e nos leva de volta. Ele aquece pensamentos. Ele aquece o peito. E não importa como seja feito: se em coador de pano, de papel, em cafeteira italiana, elétrica, cappuccino, expresso, pingado, americano, irlandês, caribenho, não importa, o que vale é como você gosta, como você se importa!!!!!!!

Por isso que não dá pra confiar em quem não bebe café!

Gente que não quer ser gente!

Gente que não pausa para sentir prazer em viver.

Gente que atropela o outro porque simplesmente não sabe parar.

Gente que não sabe o bem que é sentir-se aquecido por uma bebida quente bem no meio de um dia frio!

Gente que não entra em cozinha, porque não sabe conversar, não sabe partilhar, não sabe confessar!

Por isso, se você não toma café (ou chá), eu te faço uma velha pergunta, de uma conhecida música composta por Cesar Alvim Ottoni e Carlos Drumond de Andrade:

"E agora José? Para onde?"

Sabadísses - Anotações

4. SER E NÃO SER, SEM NENHUMA QUESTÃO!

Hoje é sábado e estou refletindo entre "ser subjetivo" e "ser objetivo".

Simplesmente porque o assunto veio à tona em conversas de ontem para hoje, em três momentos diferentes.

Aí essa criatura aqui, que parece não ter o que fazer (ai se fosse verdade) ficou a pensar no assunto.

Sou muito inclinada à subjetividade, ninguém percebeu isso, não é? Porém, gosto de praticidade sem abandonar a complexidade. NÃO É PARADOXAL esse pensamento, só é COMPLEMENTAR.

Acredito e uso constantemente em minhas decisões a *Lógica Fuzzy*, do matemático Loft A. Zadeh, uma lógica que admite valores intermediários. Para essa lógica, usar a conjunção "E" ao invés do "OU", é sempre uma possibilidade a ser considerada.

Por não a considerar é que temos a tendência de na maioria das vezes — diante de uma conceituação, definição ou decisão, buscar respostas que polarizam as atitudes e radicalizam comportamentos. Ou fulano é assim, ou é assado. Ou faz isso, ou faz aquilo. Ou a fulana é ignorante ou é

Sabadísses - Anotações

inteligente. Ou ela é da paz ou é da guerra. Ou fala baixo ou fala alto. Ou tem um temperamento de jovem ou de velha. Ou gosta disso ou daquilo... e por aí vai.

E se eu gosto de sussurrar TE AMO bem alto????

Complicado dentro do universo do controle e da temperança, no mínimo vão te chamar de carente ou de Dependente Afetiva.

E se eu gosto de frio e calor????

Outro fator complicante no mundo da normose social sempre faz perguntas do tipo: o que você gosta mais, calor ou frio? Se você responde os dois, vão te rotular de não saber o que quer.

E se você gosta de decidir e também que outros decidam por você???

Pode não!!! Isso nem pensar!!!

Nesse caso você tem um desvio de identidade muito sério, dizem os "especialistas pé de escada". E dizem mais: "*Nunca deixe ninguém decidir por você porque senão você perdeu a sua identidade*", "*Decida logo quem você é e o que você quer, porque o mundo vai se acabar amanhã!*".

Que bom que ele não vai acabar amanhã e nós podemos ser ou não ser, e mais, podemos SER E NÃO SER.

Sabadísses - Anotações

Certos namorados brigam dia sim, dia não.
Na sexta se amam, no sábado se odeiam, no domingo fazem as pazes, na segunda prometem nunca mais se ver.
São amores movido à adrenalina, que rendem bons versos e letras de música.
Muito destes casais conseguem chegar ao altar e continuam entre tapas e beijos até as bodas de ouro.
Brigam e voltam tantas, mas tantas vezes, que na verdade nunca chegam a se separar.
Deixe que digam, que pensem, que falem. O amor é lindo.

Martha Medeiros

Sábados de Outubro

1. NADA É PIOR

Já apaguei o que escrevi uma centena de vezes. Não flui, não sai, não se desenha nada, não há nem esboço de pensamento ou sentimento.

Nada mais desagradável para acontecer em dia de sábado.

Li uma vez em um livro: "*Nada é pior que o nada!*"

E não é mesmo? Todo nada é um oco, um vazio insubstancial. É como comida sem sal. É indiferença na presença e ausência na indiferença.

Suspiro na tentativa de pelo menos encher os meus pulmões de ar. De me sentir viva de alguma maneira, de movimentar o meu nada. Hoje li uma outra frase que dizia assim: "Estava enjoado da vida!". Me senti triste ao ler isso, saber que qualquer um de nós pode chegar a esse estado de náuseas!

Sabe o que é pior que o nada? O já ter tido.

Já ter sentido o gosto, a sensação, a presença, o afeto, a comunhão!

O já ter tido é o nada do tudo. É a saudade fortalecida na sua potência n.

O nada é a ausência da saudade.

Sabadísses - Anotações

Mas como "nada é pior que o nada"? A gente só escreve uma besteira desta quando não está sentindo dor. Porque na presença da dor, o nada é um presente. É a dor anestesiada!

Então, seria melhor dizer: *Nada é pior que a dor na sua fase aguda.*

E, nada é pior que o nada na ausência da dor!

Acabo de sair da fase aguda.
Não estou na fase crônica.
Não estou anestesiada.
Estou na fase pronta!

Que venha a vida, que movimenta,
Que venha o caminho, que direciona,
Que venha a verdade, que impulsiona,
Que venha o amor, que comissiona!

Sabadísses - Anotações

---

2. RIQUEZA DE POBREZA

Tenho uma história que não começa agora.

O interessante é que as pessoas, ao me conhecerem, imaginam que nasci a partir daquele momento em que acabam de me conhecer.

Invalidam os acontecimentos anteriores com a facilidade de quem toma uma folha de papel e a amassa em sua mão.

Preveem os acontecimentos futuros sem considerar o passado e o presente e suas raízes mais nobres.

Pobreza de visão!

Tenho uma história de infância.

Uma criança que brincou.

Uma menina que chorou, que ganhou, que perdeu, que esqueceu e aprendeu.

Pensam também que essa menina ficou para trás.

Que nada! Ela vive bem irrequieta dentro de mim.

Salta, faz birra, se esconde, inventa, tem medo, quer colo, quer correr solta sem ninguém segurando em sua mão.

Às vezes quer tudo, às vezes não quer nada.

Entendeu não? Pobreza de percepção!

Sabadísses - Anotações

Tenho uma jovem na minha mente.

Ela se balança, às vezes baixo para encantar, às vezes alto para desafiar.

Tem um ritmo louco, esquecido e enobrecido por um tempo que chega sem avisar, e avisa sem perguntar.

Essa jovem se embala sozinha e sozinha caminha.

Às vezes faz pensar que precisa de companhia, mas na verdade o que ela precisa é de agitar, se alegrar, se enturmar, se deixar levar ao vento e brisa do mar.

Não gosta de ser caça, nem gosta de ser coisa.

Mas gosta de amar e pede para ser amada, que nada, ela sabe que isso tudo é uma furada!

Tá escutando? Não? Pobreza de audição!

Tenho nada!

Tenho um vazio.

Foi escolhido para não ser preenchido, pois é nEle que me torno abrigo.

Se ele for preenchido deixa de ser buscado, esperado e consequentemente encontrado para unicamente uma utilidade: ser perdido!

E ai continuo indo!

Vindo!

Tá sentindo? Não? Pobreza de miséria!

Tenho tudo!

Sabadísses - Anotações

Tenho tanta coisa que não consigo me enxergar direito, tá tudo mal feito... bem feito!

Tenho afetos, enfeites, anelos, elos, luvas, presilhas, pinturas... feiuras!

Tanta coisa tenho e sou, que não me acho embaixo do cobertor.

Perdida embaixo do monturo, sou rainha em cima do muro!

Sou tudo, sou rica!

Sou linda, perdida!

Se você conseguir me ver nesse momento é um mentiroso!

Pobreza de verdade!

Em um molho de chaves.

Dizem que uma chave apenas serve.

Que pena!

Nenhuma delas é.

Para tê-la tem que perdê-la!

Perca o sábado, mas não se perca.

Riqueza de Pobreza!

Sabadísses - Anotações

3. FAZ TEMPO QUE NÃO HÁ NOTA!

Uma vez, há algum tempo atrás, sonharam comigo *"em uma praia, agachada, com um xale listrado sobre os ombros com o olhar perdido no infinito... de repente passava um ser sinistro por perto de mim e ficava me observando de longe... eu olhava o mar em silêncio e de repente me levantava de um impulso e ficava em pé, enquanto o vento soprava e o xale esvoaçava sobre os meus ombros. O ser sinistro olhando de longe falava:*

— É assim, ela sempre se ergue...!!!!"

Assim foi o sonho sonhado.

Hoje, em pleno sábado, me lembrei deste sonho. Acredito nele. Acredito que sempre me ergo apenas porque erguer-se para mim tem um significado pessoal. Um significado que ganhei como dádiva imerecida!

Eu me ergo quando estou a despencar porque acredito na substância do vazio onde danço a minha queda. Um vazio silencioso que só fala verdades se eu estiver disposta a ouvi-lo. Um vazio cheio de chão.

Eu me ergo quando estou de cama, porque a cama é minha conselheira, meu travesseiro me aconselha enquanto penso que durmo, pois nos sonhos que sonho eu vejo os meus medos, minhas ansiedades, minhas projeções, e meus anseios. Os medos abraço, acolho a cada um separadamente, converso, interajo e tomo decisões. Uns deixo ficar se me fazem bem, outros os convido a sair se atrapalha, uns não

Sabadísses - Anotações

me ouvem e ficam como que inatingíveis, mas na surdina e no inesperado eu chego e os pego, lutamos e vencemos juntos. Sim, meus medos vencem comigo, porque cada um deles cumpre o seu papel: Me erguer!

Eu me ergo quando estou ferida, porque a ferida torna--se minha amiga. De forma nenhuma sou masoquista, mas é a ferida que gera o antídoto que a cura. A ferida é um ser autodestrutivo. Ela tem poder de se autocurar se deixarmos ela trabalhar. Se dói o meu coração, é nele que encontro o remédio, se dói os meus pensamentos é nele que encontro a sutura, se dói a minha alma é nela que encontro o conforto.

Eu me ergo em Vida e me ergo em morte, porque as duas são minha vida completa e inacabada.

Pois só se torna imortal quem percebe a fragilidade da sua própria vida e a invencibilidade da vida na morte!

Sabadísses - Anotações

4. SERES HUMANO! MANOS!!!

Este é um dos meus sonhos: um cantinho especial para escrever!

Um sonho que com certeza vai gerar outros sonhos, uma fabriqueta de sonhos.

Coisinha de nada: uma janela com vista para o mar, uma cortina branca para voar e sair do lugar, e uma mesa com cadeira para não usar.

Por que a gente sonha com coisas que quando chega não usamos, só contemplamos?

Ouvi dizer há bem pouco que para admirarmos algo ou alguém necessitamos de uma certa distância, se chegar muito perto não conseguimos admirar, só olhar... aí perde o encanto.

Ser humano!!!!! Desencanto em todos os cantos!!!!

Penso que existe algo que todos os amantes de livros se deliciam em fazer: cheirar o livro.

Essa semana recebi um amigo em minha casa e o presenteei com livros que tinha escrito.

A primeira coisa que ele fez foi passar as páginas como um leque bem perto do nariz e respirar fundo. E disse: como gosto de "*xero*" de livro novo. Coloco cheiro com x, porque sou nordestina e porque um cheiro com x é mais inspirativo!

Sabadísses - Anotações

Tem gente que cheira cola, tem gente que cheira pó, tem gente que cheira livro, tem gente que cheira o amor!

Ahhhh... a única coisa que prefiro "xerar" aos livros é o Amor!

Xeru de amor é xeru de verdade, de saudade, de maldade quando vai embora deixando o xeru assombrando a memória.

Xeru de amor é xeru de vontade, de curiosidade, de inverdade quando o xeru fica só nas palavras escritas e nunca entrou pelas narinas da vida.

Ser Humano!!!! Estranho em sua emoção!!!

Falar em amor me fez imaginar que deve ser muito bom ler um livro juntos, principalmente aos sábados!!!

Sem ser para construir um debate literário, só para se deliciar com a leitura, com as descobertas e ao mesmo tempo descobrir-se a si e ao outro.

Tá pensando que estou falando de "fazer amor"?

Também!!!

Descobrir-se e deixar-se descobrir pode desaguar num amor intenso, onde as letras passam a ser lidas nos olhos, na alma, no corpo, no todo!

Coisa boa ao invés de aprender para competir deve ser aprender para se aproximar, para interagir, para deixar fluir... tem gente que lê um livro e lembra logo do "fulano" e diz: *quero que ele leia esse livro, ele tá precisando!*". Que furada! Ler para mudar o outro, é como ler bula de remédio, entra pelo olho e sai pelo esgoto.

Ser humano!!!! Conflitante em seu coração!!

Sabadísses - Anotações

Gosto de ler também de forma introspectiva.

Com um vinho, um certo conforto, um pensamento absorto, um devaneio torto.

Sem lareiras, pois moro no Nordeste, que de certa forma já é a lareira do Brasil.

Mas nasci numa cidade serrana, fria, clima gostoso, mas lá também não tinha lareira, tinha fogueira.

Deixo o calor me envolver, não tenho medo dele, tenho medo do frio, do gelo, da indiferença, da descrença, da "morrença"!!!

Que venha a chama que me hipnotiza, que convida a olhar-me sem ofuscar-me, que me faz querer me aproximar e não poder ter!

Ser humano!!! Contradição em ambas as mãos!!!

Sabadísses - Anotações

O ar tinha gosto de sábado.
E de súbito os dois eram raros, a raridade no ar.
Eles se sentiam raros, não fazendo parte
das mil pessoas que andavam pelas ruas.
Os dois às vezes eram coniventes, tinham uma vida secreta
porque ninguém os compreenderia.
E mesmo porque os raros são perseguidos pelo povo que
não tolera a insultante ofensa dos que se diferenciavam.

Clarice Lispector

Sábados de Novembro

1. CINCO COISAS QUE GOSTO!

Hoje, sábado, vou escrever sobre o que gosto...

Certa vez, um amigo me disse que ficar lembrando ou falando de coisas que a gente mais gosta ajuda a driblar os desconfortos da mente. E minha cabeça, meu corpo, tudo em mim estão na mais pura ansiedade, coisas de Rose. Esse mesmo amigo que me ensinou esse joguinho dizia: "*só com você acontece tudo diferente, você não sabe ser comum não, criatura?*" Pois é, até hoje não sei se inconscientemente busco isso, ou se é o acaso, Deus, destino, enfim... Mas o certo é que ele tinha razão, vai ser estranha assim lá na "cacha-prego". Pensa que cacha-prego não existe? Cacha Prego existe e eu já fui lá. Até isso é estranho, não é? Pois bem, a praia de Cacha-Prego é uma das praias mais isoladas da Ilha de Itaparica, pertencente ao município de Vera Cruz, Bahia.

CACHA-PREGO existe e eu também. Nada é tão hilário que não possa ser real. Estou rindo com isso que está dando uma dor na barriga, e isso é A PRIMEIRA COISA QUE GOSTO DE FAZER: RIR ATÉ DAR UMA DOR!

A SEGUNDA COISA QUE GOSTO: É ACONCHEGO!

Gosto do sentimento de pertença.

Gosto de saber que pertenço a uma situação, a uma missão, causa ou a alguém.

Gosto também de aconchegar o outro.

Sabadísses - Anotações

Na realidade gosto de chegar junto, amo cuidar, amo tanto que um outro amigo me dizia que eu era a pessoa que tinha o maior coração que ele conhecia, não sei se ele disse isso porque sou grande (1.80 de altura), ou porque me importo com gente.

Mas, por causa disso, alguns pensam que podem me fazer de capacho, rummmm, puro engano, faz nada...

Uma vez quiseram usar isso de "*eu ter um grande coração*" para me sugar, e eu respondi em alto e bom som: "*quem tem coração dilatado é quem foi picado de barbeiro e contraiu a doença de chagas*".

Aconchegar é se encaixar, é se apoiar mutuamente, é entender que felicidade só existe quando é para todos! Aconchego não é via de mão única.

TERCEIRA COISA QUE GOSTO: SER SURPREENDIDA POSITIVAMENTE.

Amo surpresas, boas, é claro!

Gosto de ser surpreendida pela vida com aquilo que não espero mais, e eu não estou falando de coisas, mas de significados, de sentidos, de sensações, de relevâncias.

O esperado pode sempre ser o "não esperado", você me entende?

Não?

Espero coisas e situações que por vezes não sei bem o que são, e digo: EU QUERO ISSO! Mas na verdade não é isso que quero, eu quero o que meu coração e minha razão não

Sabadísses - Anotações

conseguem definir porque se conseguissem, já tinha obtido.

E aí o meu querer fica ali pulsando em mim, sem nome, sem adjetivo, sem codinome.

Até que um dia a Vida me surpreende e algo acontece, trazendo a resposta da minha pulsação, e aí um nome surge, um nome que não estava nos meus planos, nem nos meus sonhos mais secretos, estava guardado na Vida para minha vida!

Só o não saber possibilita que sejamos surpreendidos positivamente pela vida.

A QUARTA COISA QUE GOSTO É: DE ESTRADA, DE CAMINHOS, DO CAMINHO!

Essa todos que me conhecem de forma mais superficial sabem sobre mim. Aahh, que bom ir de encontro ao encontro! Que bom conhecer, descobrir, se envolver, se comprometer e colher, sim, colher todas as flores que surgem no caminho, e são tantas.

Mas só quem gosta de caminhos sabe apreciar a paisagem, sabe desfrutar o processo.

Antes não era assim, eu só queria chegar e pronto, mas caminhando descobri a beleza da paisagem que mesmo sendo o caminho sempre igual, a cada passagem nele, coisas novas são percebidas: cores, cheiros, mutações, crescimentos, involuções, nascimentos, enfim, todo caminho por mais que seja cotidiano traz em si uma riqueza de detalhes que se renova, e só posso enxergar isso prestando atenção.

Sabadísses - Anotações

Que venha nova estrada, novos passos, novas percepções, novas danças!

Comecei rindo e quero terminar rindo.

Porque a primeira coisa que gosto é rir até dar uma dor...

E a quinta, é rir até a dor passar!

Escute: a dor passou, é, a dor passou!

Eu a soltei para me ACONCHEGAR **à** alegria, que SURPREENDENTEMENTE chegou pela ESTRADA da Vida ao meu encontro, enchendo minha boca de RISO!

Sabadísses - Anotações

2. COLHENDO SEM PLANTAR!

Conversando com uma amiga sobre causa e efeito, ação e reação, lei da semeadura e toda a parafernália do efeito borboleta, me lembrei que estava no Nordeste e isso aqui fica meio furado. Sem sentido!

Aqui nem tudo que se planta dá e nem todo céu nublado significa que vai chover.

Estou em uma região em que o outono, o inverno e a primavera se convertem em verão, aqui ninguém pode esperar lei de causa e efeito de forma simplista e reducionista.

Mas na verdade, o que estou querendo dizer é que essa droga toda cansa.

Esse negócio de "ter que", "de fazer acontecer", de frases de autoajuda — coisa que eu escrevo por demais e termino acreditando de menos — e toda essa ladainha nova de "sucessomania", é dose!

Dose dupla da cachaça mais barata do boteco em dia de sábado, que na verdade nunca foi barata pois ela termina sendo a mais cara de todas.

Sabe o que mais? Comecei escrevendo sábado à noite esse texto desentoado, e nem sei mesmo porque estou escrevendo. Porque se eu soubesse o porquê de tudo que faço e sou, eu me beijaria duas vezes nesse exato momento.

Sabadísses - Anotações

Digo isso porque eu adoro me beijar quando faço, penso ou falo algo que eu mesma me espanto, me admiro. Quando eu mesma me surpreendo, puxo meu braço em direção a minha boca e me beijo de paixão, eu me amo mesmo e gosto disso. Apesar de ter dias em que brigo comigo mesma e chego a me odiar. Mas como sempre, ao brigar, seja com alguém, seja comigo, perdoo logo. Não por generosidade, apenas para não gastar minhas energias com coisas bobas e sem jeito!

Viram como as coisas não têm sentido às vezes?

Mirei no esperado e acertei no inesperado, e disso estou colhendo o indecifrável!

Eu que sempre gostei de conceituar tudo, explicar quase tudo e entender todas as minhas atitudes e vivências, me encontro saboreando a docilidade da incerteza.

Posso plantar milho, não vir chuvas, minha plantação morrer e de repente receber em minha porta um cesto de uvas não semeadas por mim. Isso se chama graça!

Pois como diz Edgar Morin: "*Reconhece-se a verdadeira racionalidade pela capacidade de identificar suas insuficiências*".

Sabadísses - Anotações

3. SER INTEIRA!

Ser inteira é perceber que não estou em um tabuleiro de jogo, onde existem dois lados, dois mundos, duas vontades.

É a conciliação que acaba com todo jogo e toda estratégia porque na visão do todo apenas sou, e quando sou, posso enfim falar que: infinitamente somos.

Ser inteira é se baixar até que as extremidades se encontrem, se abracem, e assim possam falar uma com a outra: "*juntas podemos construir uma harmonia cheia de beleza, de leveza, de certeza*", mesmo dentro do oceano incerto do tempo, simplesmente porque na inteireza não há 'in', apenas o 'uno'.

Ser inteira é rodopiar no próprio eixo, sabendo que ao me movimentar provoco um deslocamento que dança, que encanta, que inclui, que chama, que provoca, que confronta, que às vezes até amedronta, porém nunca afronta.

Ser inteira é saber-se quebrável, frágil e ao mesmo tempo sólida, porque não há nada que não possa ser redesenhado.

Não quero por isso sair por aí me atirando nas quinas e nos precipícios, mas com certeza a pedra engolida, atingida, tropeçada, essa ficará na calçada e as rachaduras e trincados se tornarão em desenhos de um todo rebordado!

Sabadísses - Anotações

Sábado é o dia do descanso e Ser inteira é descansar e confiar dando as mãos a si mesmo e ao outro... Que não é outro, mas apenas uma extensão de si mesmo!

Sabadísses - Anotações

4. CONTO: O BARCO E A PLANTA...

Um dia de sábado, no rio da vida, brotou uma planta d'água.
Ela brotou fora dos jardins dos palácios,
porque não sobreviveria em solo fixo,
não se adaptaria a convenções palacianas,
teria o risco de ser colhida para adornar mesas de reis e rainhas, não!!!!
A planta d´água, pelo rio, ia em direção a seu encontro nas águas...
e ela NÃO SABIA DISSO,
PORÉM SENTIA NOS VIÇOS DAS SUAS FOLHAS!!!!

Um certo tempo no rio a correr, entre nascentes e braços,
sendo jogada em margens,
à direita e à esquerda,
rodopiando em funis aquáticos,
sendo levada de rio em rio...
Um dia, ela chegou ao mar para o encontro,
e ela NÃO SABIA DISSO,
PORÉM SENTIA NO ENTRELAÇAR DE SUAS RAÍZES!!!!

Sabadísses - Anotações

E em um lindo tempo, em um belo momento,
entre ondas e vagões,
entre marés altas e baixas,
entre o arder do sal e do sol,...
Em um instante único, feito de únicos instantes,
ela encontrou o barco...
e ELA NÃO SABIA DISSO,
PORÉM SENTIA ENTRE A SEIVA DE SUAS ENTRANHAS!!!!

E a planta d´água margeou o barco,
E o barco aconchegou a planta.
E no encontro da nau com a planta,
A vida pegou carona no abrigo volante.
E este, o barco, se tornou raiz da vida
ancorado a uma planta de raiz viajante!

Sabadísses - Anotações

Você nunca vai saber o que vem depois de sábado, quem sabe um século muito mais lindo e mais sábio, quem sabe apenas mais um domingo.

Paulo Leminski

Sábados de Dezembro

1. É NATAL, JOGA AS CULPAS FORA!

Natal uma celebração que tem significados cristãos. Dizem que é a festa que celebra o nascimento de Cristo. O dia em que o Messias veio ao mundo, dia que não sabemos bem qual foi ao certo, muito menos se foi em dia de sábado. Mas o que diz a história é que foi o dia em que Deus encarnou em seu próprio Filho e visitou a humanidade em formato de homem. Sem querer defender teses, concordar ou discordar, o fato é que não gosto de arrancar ervas daninhas pelas folhas, gosto de seguir as raízes e encontrar a chamada "batatinha" e arrancá-la pelo nascedouro.

Fiquei pensando nos motivos do "porquê" Deus em seu Filho resolve sair do lugar "bem bom" para vir dar um passeio para o lado "dessas bandas", ainda mais vestido de gente, coisa de somenos em relação à perfeição. Intrigante!!! Mas conta a história que Ele veio porque lá atrás, há "centos" anos, existia no Jardim que Ele criara um casal, que Ele também criara, que resolveram enfiar o "pé na jaca" e desmontaram o cenário da criação. Também diz a história que Jesus nasce para remontar essa história que foi desmontada. Babado fortíssimo!!!

Onde existe história, existe "babado". Dizem de um tudo: que o desmonte foi porque eles fizeram sexo, depois disseram que era porque eles desobedeceram às ordens do

Sabadísses - Anotações

Todo Poderoso, foi tanta especulação que ainda estão especulando. Não sei como ainda não exorcizaram a maçã culpando-a do desmonte. Mas uma coisa eu percebo, sempre, sempre, a humanidade se encontra tentando achar um culpado para tudo. Que coisa horrorosa! É tanta projeção que assusta!

Desenvolvendo um pouco a partir dessa história, penso que a coisa que pegou mesmo foi essa falta de responsabilização.

Disse Deus:

— Adão, por que você comeu do fruto que Eu disse que não comesse?

— Foi a mulher que me deste— respondeu Adão. (jogou a bola para o outro, e se furar, pega a bola Você mesmo, Deus, pois a mulher foi você quem fez).

Disse Deus:

— Eva, por que você comeu do fruto que Eu disse que não comesse?

— Foi a serpente que me convenceu!!!— respondeu Eva. (jogou a bola para a serpente, para o Jardim, ou seja, a culpa é tua, Deus, porque fez o jardim)

Depois disso, conta a boca grande que eles foram expulsos do jardim. Também, depois de uma vacilada, de uma irresponsabilidade deste tamanho, é claro que é carta de demissão na certa. Tinham a incumbência de cuidar do jardim...

Sabadísses - Anotações

E "nadica de nada" de responsabilidade nem para dizer:

— Ó, a coisa foi assim: vi, deu vontade, fiz, a responsabilidade é minha, e ainda mais, gostei pra caramba, vacilei pesado, mas existe alguma coisa que posso fazer pra remediar???

... Ahhhh, mas é Natal e depois de milhares de anos as coisas ainda são assim.

No início vieram os patriarcas, depois os juízes, depois os profetas, e então veio o Messias, e a humanidade ainda está se isentando de responsabilidade!!! A culpa é de Deus que falou, que mandou, que fez. A culpa é do outro. A culpa é do "diabo"! A culpa é do governo. A grande culpada mesmo é a mãe. Enfim, se nascer, a gente arranja um jeito de por na cruz em pouco tempo.

Joga as culpas fora, galera!!! Você e eu somos responsáveis e não culpados!

Responsabilidade não é culpabilização, é apenas um jeito de dizermos:

— Eu nasci, cresci, e obrigada por minha vida e tudo que a envolve! Obrigada por me confiar coisas, mesmo sabendo que sou limitado!

É Natal, celebremos o "nascer", sem precisar matar a beleza da vida posta no jardim... E nem culpar o jardineiro!

Feliz Natal a todos os desculpados!

Sabadísses - Anotações

2. AUTO AMIZADE PARA VOCÊ NO ANO QUE CHEGA

Hoje ouvimos muito falar do termo Auto boicote, que significa a capacidade que o indivíduo tem de autodestruir-se, de auto sabotar-se.

Muitas vezes reclamamos de coisas que nós mesmos ajudamos a colocar em nossa vida.

Cavamos um buraco e entramos nele. Construímos um labirinto e não conseguimos sair dele. Idealizamos situações inimagináveis para que nunca a alcancemos, e nos desviamos de tudo que seja realmente possível, para que continuemos a nos vitimar diante da vida e das pessoas.

Ultimamente tenho tentado identificar onde provavelmente tenho agido assim comigo mesma.

O dia de sábado é muito propício para essa reflexão.

De cada situação encontrada eu tenho assumido alguns compromissos para que eu possa restaurar a auto amizade.

Quando falo em ser minha melhor amiga, não estou me referindo a atitudes individualistas, mas ao contrário, em assumir atitudes mais comprometidas com o que realmente possa contribuir para que eu viva uma vida de mais significado, para mim e para os de perto e longe.

Sabadísses - Anotações

E uma vida de mais significado é diferente de uma vida intensa, como também é diferente de uma vida convencional.

Significado de vida é observar minha singularidade sem perder de vista a singularidade do outro com quem convivo ou me importo.

Sim, por que de que adianta ser feliz quando as pessoas que realmente são importantes para mim não estão felizes? Ser feliz sozinho é a essência da estupidez!

Não quero me auto boicotar porque não sou só "*auto*", sou "*com*". Com Deus, comigo, conVivo.

Quero ser significante e significado, quero me buscar de volta sem me perder nas voltas das convenções sociais, e sem me afogar nas águas da intensidade egoísta.

Quero construir tijolo por tijolo o que desejo ser e fazer, usando como cimento nessa construção o amor e o valor que Deus possui e estende a mim.

Não sou uma marionete da vida, sou uma caminhante da vida e de mim mesma.

No ano que se inicia não quero me auto boicotar.

Chego diante de mim e digo:

Não é um novo ano que se inicia, é uma nova vida que emerge de Ti!

Sabadísses - Anotações

---

3. MUROS DE ALGODÃO

Estando próximo do fechamento de mais um ciclo anual, lembrei-me de um texto das Escrituras Judaicas, contido no Livro do Profeta Zacarias, que diz assim: "*Corra, vá dizer àquele moço que Jerusalém deve ficar sem muros, por causa da multidão de pessoas e animais que ela deverá acolher. Mas eu serei para ela — óraculo de Javé — muralha de fogo ao seu redor e, no meio dela, eu serei a sua glória*". (Textos Judaicos, Livro do Profeta Zacarias, capítulo 2, versos 8 e 9). Já falei, em alguns eventos públicos, sobre este texto. Mas hoje, sábado, ele me retornou à memória juntamente com um desejo de escrever sobre.

Estamos em uma época que sobeja violência, indiferença e individualismo. Porém, ao mesmo tempo, vemos lampejos de esperança e pontos de luz que sinalizam certo cansaço da sociedade em vivenciar essa necessidade de proteção exacerbada. Uma vivência de construções ininterruptas de couraças emocionais e físicas, que levam a um estado de solidão crônica e constrói um isolamento cruel, comprometendo o viver em sociedade, e consequentemente um melhor desenvolvimento pessoal. Construir muros cansa, enfada, isola, e é como parir vento, não leva a nada e nem traz de volta nada.

Sabadísses - Anotações

As Escrituras Judaicas mencionam, em muitas passagens, a ocupação do povo em construir muros ao redor das cidades como fator de proteção contra invasões de outros povos. O Livro de Neemias é um escrito onde narra toda uma saga sobre um "tempo de reconstrução" dos muros de Jerusalém. Contextualizando para nossa época, vemos crescer em nosso entorno uma espiritualidade e comportamento social com esse perfil de ênfase na autoproteção. Fala-se muito em construir proteções espirituais, emocionais e físicas contra influências negativas tanto de origem geográfica e situacional, quanto humanas. É tanto tijolo, tanta construção, tanto templo, tanto muro, tanta cerca, tanta demarcação, tanta denominação, tanta religião, tanta doutrina, tanta "noia", tanta receita, tanto "passo a passo", tanta lei, tanto tanto, que esqueceram o porquê e a causa de tanta coisa que já construíram, estão construindo e planejam construir.

Parafraseando Chico Buarque:
Subiu a construção como se fossem ***loucos***
Ergueu no ***coração*** *quatro paredes sólidas*
Medo sobre medo *num desenho mágico*
Seus olhos embotados de ***solidão e dor.***
(adaptado da música Construção)

É tanta dor, que os muros sobem a passos largos e se perdem na sua inutilidade. Porque dor «não passa» com construções de proteções, dor cessa quando desconstruímos as proteções simplesmente porque não necessitamos mais delas.

Sabadísses - Anotações

Mas Salomão no Livro de Eclesiates diz: "*Há tempo para todo propósito [...] há tempo de construir e há tempo de derrubar*".

Por isso sou da opinião que estamos vivendo um tempo em que precisamos focar mais em...

Desconstruir tradições que impedem a Vida de ser Vivida;

Derrubar muros e cercas que impedem as pessoas de se encontrarem independente de suas classes sociais, raças e credos;

Desfazer fronteiras que embotem a visualização do outro e permitir que, a partir do critério de espelhamento, eu seja vista no outro e a partir dele;

Repensar certezas que impedem que a Verdade seja percebida, não como conceito, mas como Vivência (Vida), e que essa Vivência seja construída de forma histórica, no passo a passo de quem caminha apenas por e para viver.

Demolir todos os pilares que sustentam as dores de uma sociedade que padece de isolamento coletivo, de ausente presença, de barulho que não emite som e de silêncio audível.

Voltando a Chico Buarque, que possamos refletir se estamos vivendo o que realmente queremos:

"*Amou daquela vez como se fosse o último* ***dia***
Beijou sua mulher como se fosse a ***primeira vez***
E cada filho seu como se fosse ***você mesmo***"

(adaptado da música Construção)

Sabadísses - Anotações

Que no ano que está chegando haja reflexão e reformulação,

Que haja demolição de tudo que não inspire o amor e a vida,

Que a nossa proteção venha exclusivamente de nos perceber humanos e carentes uns dos outros,

E que a glória atemporal nos inunde com o desejo pela vida que vale a pena ser vivida.

Feliz Ano Novo!

Sabadísses - Anotações

4. POSSIBILIDADES...

Estava aqui pensando em trabalho, quando uma palavra me veio à mente: Possibilidades!

Essa é uma boa palavra para o ano que se inicia.

Apesar de que tenho minhas dificuldades com ela.

Para mim possibilidades são portas de entrada, mesmo sabendo que nessa mesma porta existe a 'possibilidade' dela ser batida na minha cara, mesmo assim, eu a vejo como PORTA.

E não sei entrar em portas sem acreditar que posso fazer, viver ou acontecer quando por elas passar.

Porque se eu entrar com espírito prevenido, eu perco as forças e, na verdade, nem sei entrar e muito menos continuar. Espírito armado corrói minhas forças. Exaure meu ânimo. Tira o sabor. Rouba minha alegria. Me cega para as melhores e lindas paisagens do caminho.

Porém sei também que PRUDÊNCIA existe e pode ser complemento de POSSIBILIDADES.

É aí que a coisa me pega.

Sou prudente sim... em relação a não ser tão prudente de forma que fique azeda.

Sou prudente sim... em relação a não ser tão cética de forma que fique insossa.

Sabadísses - Anotações

Sou prudente sim... em relação a não ser tão ligada aos erros e situações passadas de forma que fique amarga.

Sou prudente sim... em relação a ter condições de 'romancear' a vida sem perder os desafios da realidade, de forma que não fique nem muito doce, nem muito aguada!

Sou prudentemente imprudente no viver, sabendo que as possibilidades são tantas que cabem o imprevisível e nem por isso deixo de viver imersa verdadeiramente no momento presente, vai que amanhã eu não estarei mais aqui, essa é a mais verdadeira possibilidade da vida, e ela me instiga a passar pelas portas que me convidam a ser e viver o que acredito.

Se a porta estiver com a sinalização trocada... que pena para a porta, que não é, nem faz o que se propõe em sua bandeira!

EU? Eu continuo sendo eu! Tolamente e Totalmente EU!

Por isso nesse passar de ano, eu não tenho muito para fazer a não ser continuar a ser quem sou, uma camaleoa pronta para viver nessa linda selva da vida, cheia de cores, cheia de formas múltiplas, cheia de sabores, cheia de novidades, cheia de mesmices, cheia de POSSIBILIDADES.

Que venha a vida!

Um novo ano cheio de muitas possibilidades em sua vida possível!

E lembre-se, as possibilidades são tantas, que na semana não só existe o dia de sábado!

Sabadísses - Anotações

É uma transição de tempos, de mundos.
Mas os convidados a esperam felizes, e ela não terá que pensar nisso.
Ela mal se lembra que é sábado, que é o dia de seu casamento, que há padrinhos e convidados.
E quando a cerimônia chegar ao apogeu, talvez nem se lembre de quem é: separada dos acontecimentos da terra, subitamente incorporada ao giro do Universo.

Cecília Meireles

O OLHO DA TERRA

Sou minha própria escrita.
E não sou a interpretação do leitor ou ouvinte.
Escrevo o que sou e que vivi,
o que vivo e as minhas vontades,
os meus sonhos e projeções.

Sou inteira e inteiramente vivo.
Separar partes e situações tornam-se complexo para mim,
as partes sem o todo torna-se sem nexo,
porque o segredo está na liga,
na costura, na des-compostura.

As sensações e atitudes são interligadas,
como letras das palavras que compõem uma frase.
Consigo ver cada letra
e consigo ler toda a história
com os erros e acertos do que foi,
com a tristeza e a alegria do que é,
e com a expectação e espera letárgica do que será.

"*Em terra de cego quem tem olho é rei*", já dizia o ditado popular.
Mas Saramago vem nos dizer em "Ensaios da Cegueira" que
em terra de cego quem tem olho é um infeliz,
um deslocado, um des-naturado.

E então digo eu, que
"*Em terra de cego quem tem olho pode ser o verdadeiramente cego*".
Aí, meus amados, das duas uma:
ou furo os olhos ou escrevo em braille.

Nem tudo que vejo escrevo,
nem tudo que falo ouço!
Nem tudo que sonho verei,
nem tudo que vejo sonhei!

EM TERRA DE POUCOS É MELHOR SER ROUCO... OU LOUCO!

SABADÍSSES PESSOAIS

TÍTULO: ______________________________________

DATA DO SÁBADO: ______________________________

____

____

____

____

____

____

____

____

____

____

____

____

____

____

____

____

____

____

____

____

____

____

____

____

____

Por (seu nome) ______________________________________

SABADÍSSES PESSOAIS

TÍTULO: ____

DATA DO SÁBADO: ________________________________

____

____

____

____

____

____

____

____

____

____

____

____

____

____

____

____

____

____

____

____

____

____

____

____

____

Por (seu nome) ____

SABADÍSSES PESSOAIS

TÍTULO: ______________________________________

DATA DO SÁBADO: _____________________________

Por (seu nome) ______________________________________

SABADÍSSES PESSOAIS

TÍTULO: ______________________________________

DATA DO SÁBADO: ______________________________

____
____
____
____
____
____
____
____
____
____
____
____
____
____
____
____
____
____
____
____
____
____
____
____
____

Por (seu nome) ______________________________________

APRESENTAÇÃO DA AUTORA E SEUS CONTATOS

ROSE LIRA

1. FORMAÇÃO ACADÊMICA: Fisioterapeuta. Pós-graduanda em Educação Biocêntrica.

2. EXPERIÊNCIA NA ÁREA EDITORIAL:

Presidente da Central de Escritores;

Escritora e Poetisa;

Sistematizadora de Projetos e Pesquisas, Programas e Experiências Socioeducativas e Organizacionais;

Escritora de Livros Didáticos para a Formação do Professor/Educador;

Organizadora de Oficinas Literárias para Edição de Livros;

Organizadora de Material para Publicação de Livros;

Consultora de Escritores em todo o Brasil;

Facilitadora de oficinas de Escrita Terapêutica, Escrita Criativa, Apreciação da Leitura;

Leciona Cursos para Formação de Consultores e Facilitadores de Escrita;

Palestrante sobre Escrita de Livros em várias temáticas e abordagens.

3. EXPERIÊNCIA NA ÁREA DE APRENDIZAGEM, TREINAMENTOS E CONSULTORIA:

Sistematizou em 2011 o I Seminário Norte e Nordeste de Justiça Juvenil Restaurativa, Mediação e Cultura de Paz, Facilitadora de Grupos; Educadora; Pesquisadora;

Mentora da Metodologia Rota da Paz. No Projeto Rota da Paz de 2009 a 2012, coordenou os diversos grupos e atividades relativas à Metodologia Rota da Paz concernente à pesquisa-intervenção, desenvolvimento e sistematização.

Experiência em Recursos Humanos Empresarial por 10 anos e em Gestão de Organização da Sociedade Civil por 15 anos.

Foi Instrutora do Curso de Administração e Vendas no SENAC (1996) e Instrutora na área de Formação Humana no Mercado do Futuro (2010).

Leciona desde 1999, com ênfase em formação de educadores e lideranças, nas áreas de: Desenvolvimento Social, Desenvolvimento de Desempenho, Humanização no Trabalho, Espiritualidade Responsável, Cultura de Paz e Educação Vivencial.

Docente e Palestrante nos Seminários e Cursos de Educação Sesc 2014, 2015, 2016, 2017, 2018 nas áreas de Gestão, Currículo, Docência e Escrita.

Lecionou na Pós-graduação do curso em Psicologia Organizacional na FVJ as disciplinas: Comportamento humano: liderança, motivação e gestão do desempenho; e Fundamentos históricos e epistemológicos da Psicologia, Psicanálise, Behaviorismo e Humanismo.

CONTATOS:

Email: roselira.devir@gmail.com / centraldeescritores@gmail.com

Facebook:

Central de Escritores (https://www.facebook.com/centraldeescritores)

Rose Lira (escritora) (https://www.facebook.com/rose.lira.90)

SITE: Central de Escritores (https://www.centraldeescritores.com/)

WhatsApp: (85)9.9151-7171

VERMELHO MARINHO

Este livro foi impresso em sua primeira edição com as fontes Oranienbaum 20 e Gentium Book Basic 12.

Impresso por Gráfica Massoni
em julho de 2019